Sigrun Rittrich-Dorenkamp

Der Kanarienvogel

Artgerecht halten

Gesund ernähren

Richtig verstehen

Fotos: Uwe Anders
Zeichnungen: Renate Holzner

INHALT

1

Sich vor der Anschaffung informieren

2

Richtig halten und pflegen

Gefiederte Meistersänger

Am wohlsten fühlen sich Kanarienvögel in Gesellschaft mit Artgenossen. Es macht Freude, dem munteren Treiben der Vögel zuzuschauen: wie sie miteinander schnäbeln, sich manchen Futterhappen untereinander teilen, ihre Flugrunden im Zimmer drehen und schließlich nachts eng zusammengerückt auf einem Ast schlafen. Natürlich gibt es auch manchmal Streit: um den besten Platz am Futternapf, die höchste Singwarte oder einen bevorzugten Landeplatz. Doch Kanarienvögel lösen ihn meist friedlich. Oft genügt bereits die Drohung mit abgespreizten Flügeln und geöffnetem Schnabel, um den Konkurrenten in die Flucht zu schlagen. Bezaubernd ist der Gesang der Kanarienmännchen. In der Natur hat er die Funktion das Revier abzugrenzen, ein Weibchen anzulocken und es beim Nestbau zu unterhalten. Aber auch die Weibchen können singen. Sie sind jedoch nur selten zu hören und wenn, dann sehr leise.

Beim Putzen wird keine Feder ausgelassen.   *Dieser Kanari kratzt sich am Kopf.*

Sich vor der Anschaffung informieren

Vor 500 Jahren brachten spanische Seeleute Vögel von den Kanarischen Inseln mit, die zauberhaft sangen. So begann der Siegeszug des Kanarien-Girlitz zum wohl beliebtesten Heimtier.

Wo Kanarienvögel zu Hause sind

Wer schon einmal auf den Kanarischen Inseln Urlaub gemacht hat, wird vergeblich nach leuchtend gelb oder rot gefärbten Kanarien Ausschau gehalten haben. Und doch gibt es hier auch heute große Scharen der kleinen Sänger. Die wildlebenden Verwandten sind jedoch viel unscheinbarer als unsere gezüchteten Stubenvögel.

Der Lebensraum auf den »Glücklichen Inseln«

Die spanische Inselgruppe im atlantischen Ozean, rund 100 Kilometer vor der afrikanischen Saharaküste, mit ihrem milden, ausgeglichenen Klima ist die Heimat der Kanarien. Der Golfstrom sorgt dafür, daß es hier nie zu heiß oder zu kalt wird. Die Temperaturen bei Tag schwanken im Jahresverlauf zwischen 21 und 29 °C. Nachts sinken sie im Durchschnitt nur um 5 Grad.
Die vulkanischen Inseln ragen aus tiefem Meer auf bis in über 3000 m Höhe. Gebirgiges und baumreiches Gelände, tiefe Schluchten, verborgene Täler,

Liegt jede Feder ordentlich? Kanarien pflegen ihr Gefieder mit äußerster Sorgfalt.

hügelige Landschaften mit dichten Sträuchern und Sukkulenten-Büschen, Lorbeer- und Kiefernwälder, Weinberge, Wiesen, Gärten und Parkanlagen bieten den kleinen Sängern auf Gran Canaria, Teneriffa, Gomera, La Palma und Hierro idealen Lebensraum. Nicht ohne Grund wird das Archipel seit der Antike als die »Inseln der Glückseligen« oder die »glücklichen Inseln« bezeichnet. Kanarien haben sich außerdem auf dem benachbarten Madeira und den Azoren angesiedelt, sowie auf den Kapverdischen Inseln. Auf den halbwüstenhaften östlichen kanarischen Inseln Fuerteventura und Lanzarote, ist die Vegetation dagegen nicht üppig genug, um Kanarien einen Lebensraum zu bieten.

Die wilden Verwandten

In Schwärmen von 50 und mehr Vögeln streichen die wilden Kanariengirlitze vom Sommer bis zum Winter im schnellen, welligen Flug über die offenen, mit Büschen und Bäumen durchsetzten Landschaften. Mit ihrer braungrauen Zeichnung im grünlich-gelben Gefieder fallen sie zwischen Blättern, Zweigen und Blüten kaum auf. Sie sind bestens getarnt. Der Wildvogel ist mit gut zwölf Zentimeter Länge etwas kleiner und zierlicher als die meisten unserer gezüchteten Rassen. Diese stammen aber alle vom Kanariengirlitz ab.

Das tut gut! Ein erfrischendes Bad gehört unbedingt zur täglichen Pflege.

Der Lebensraum der Kanarien umfaßt die Meeresküste bis in fast 2000 Meter Höhe. Sie ziehen weit umher und halten überall Ausschau nach Leckerbissen: zur Erntezeit fallen sie wie bei uns die Spatzen gern in Obstplantagen und Gärten ein und lassen sich Beeren, Obst und Feigen schmecken.

Hauptnahrung sind das ganze Jahr über allerlei öl- und mehlhaltige Sämereien in verschiedenen Reifestadien. Am liebsten essen die kleinen Sänger Kanariengras-Saat, auch Glanz oder Spitzsaat genannt. Neben Samen von kreuz- und korbblütigen Stauden, Gräsern, Wegerich, Knöterich, Bingelkraut, Mohn, einigen Hirsesorten und Vogelmiere klauben die Kanarien auch gern die Samen des Zuckerrohres aus. Im Frühjahr knabbern sie zusätzlich an frischen Blatt- und Blütenknospen.

Zum Ende des sehr milden Winters lösen sich die Schwärme auf. Kanarien brüten nicht in der Kolonie. Ältere Paare, die bereits Junge aufgezogen haben, suchen manchmal ihre alten Nester auf. Die Jungvögel tragen inzwischen auch schon ein Erwachsenen-Federkleid und gehen auf Brautschau.

Nachwuchs geplant

Geeignete Brutplätze sind gar nicht so leicht zu finden: es sollte möglichst ein einzelner Baum oder größerer Busch sein. Seitlich sollte ein Ast in zwei bis drei Meter Höhe her-

Frischen Löwenzahnblättern kann keiner widerstehen. Für Kanarien sind sie ausgesprochene Leckerbissen.

ausragen, der geeignet ist, als Singwarte zu dienen. Von hier aus läßt der Kanarienhahn sein Lied erklingen und legt damit seine Revierschallgrenzen fest. Im Februar oder Anfang März beginnt die Brutzeit. Jetzt verstärkt sich der Gesang der Männchen. Vom Morgengrauen bis zum Sonnenuntergang singen die Hähne. Damit werben sie um ein Weibchen und versuchen, die Rivalen zu vertreiben. Sollte

Die Stammform des Kanarienvogels

Wissenschaftlicher Name	Kanarien gehören zu der Familie der echten Finken (Fringillidae – Unterfamilie Carduelinae) und zur Gattung der Girlitze (Serinus). Der Kanarienvogel oder Kanariengirlitz heißt wissenschaftlich Serinus canaria.
Körperbau	Mit etwa 12,5 cm Länge im Vergleich zu vielen gezüchteten Rassen kleiner und zierlicher. Die Farbkanarien sind durchschnittlich ein bis zwei Zentimeter größer. Positurkanarien gibt es von 11 cm bis 23 cm Länge.
Gefieder	Grünlich-gelb mit dunkelgrau-brauner Strichelung auf der Oberseite und dunklem Schwanz und Flugfedern. Die Männchen sind an Kehle, Brust und Bauch leuchtender gefärbt als die mehr grau-grünen Weibchen.
Lebensweise	In der zweiten Jahreshälfte gesellig in Schwärmen bis zu 50 Artgenossen lebend. Im Januar bis März Paarbildung. Dann werden die Männchen untereinander unverträglich. Kanariengirlitze brüten als Einzelpaare. Sie ziehen weit auf den Inseln umher.
Verwandte	Nächster Verwandter ist der Girlitz. Weitere nahe Verwandte sind z. B. Birkenzeisig und Stieglitz.

das nicht ausreichen, wird die Sache in Schnabelgefechten und Verfolgungsflügen ausgetragen.

Beim Balzflug singt das Männchen ebenfalls. Mit seinem Gesang regt der Kanarienhahn sein Weibchen zum Nestbau an. Je schöner er singt, umso eifriger flicht sie ein napfförmiges Nest aus Gräsern, Halmen, dünnen Zweigen, trockenem Laub und Moos. Bevorzugter Platz ist eine Astgabel in rund drei Meter Höhe auf einem Baum oder in einem dichten Busch. Schließlich polstert sie es mit Federn und wolligen Fasern weich aus. In das Nest legt das Weibchen bald drei bis fünf hellblaue Eier, beginnt aber erst mit der Brut, wenn das Gelege vollständig ist. Ab jetzt füttert der Hahn sein Weibchen, damit es das Nest nicht zu oft verlassen muß, löst es jedoch beim Brutgeschäft nicht ab.

Nach 13 bis 14 Tagen schlüpfen die Jungen gleichzeitig.

Der rote Kanarienhahn füttert sein Weibchen als Beweis seiner Zuneigung.

TIP

▼

In der Natur kommt es nicht selten vor, daß ein Kanarienpaar in einer Saison drei Bruten mit insgesamt bis zu 15 Jungen aufzieht. Auch in der Obhut des Menschen brüten Kanarien bis zu drei mal hintereinander. Dies sollten Sie jedoch nicht zulassen. Denn das Weibchen würde dadurch zu sehr geschwächt werden (→ Seite 89).

Mit einer kleinen Erhebung an der Spitze des Oberschnabels, dem sogenannten »Eizahn«, bricht das Junge die Eischale von innen auf. Schon vor dem Ausschlüpfen hat das Küken im Ei begonnen, selbst zu atmen. Die Vogelkinder sind anfangs fast nackt und halten die Augen geschlossen. Am Schlupftag brauchen sie noch kein Futter – im Dottersack in der Bauchhöhle ist noch ein Rest Dotter als kleiner Vorrat.

Die Entwicklung der Jungen

Der Vogelvater hat nun die Aufgabe, für genügend Nahrung zu sorgen. Er füttert weiterhin das Weibchen

und bringt ihm auch das Futter für die Jungen.
Während der Aufzuchtphase benötigen Kanarien zusätzlich tierisches Eiweiß. Kleine Insekten, Käfer, Raupen und Blattläuse stehen deshalb auch auf dem Speiseplan. Ergänzt wird das Menü durch viel frisches Grün und Feigen. In den ersten Tagen füttert das Weibchen den Nachwuchs meist alleine, mit dem doppelt vorverdauten Nahrungsbrei. Aber schon bald stopft auch das Männchen die immer hungrigen Schnäbel mit vorverdauter Nahrung, die es aus dem Kropf hervorwürgt.

Die Jungen wachsen schnell. Innerhalb von nur 15 Tagen hat sich das Federkleid fast vollständig gebildet – nur am Stummelschwanz und den Flaumendunen auf dem Kopf sind die Kinder noch zu erkennen. Sie verlassen nun bald das Nest, werden aber noch etwa zehn Tage lang von den Eltern gefüttert. Oft übernimmt der Vater alleine die Versorgung der Jungen und bringt ihnen bei, auf Nahrungssuche zu gehen und selbständig zu fressen.

Die Kanarienmutter beginnt währenddessen bereits die zweite Brut. Wenn die Witterung gut ist, also nicht zu trocken, zu heiß oder zu kalt, folgt darauf oft noch eine dritte. Ein Elternpaar kann in

einer Saison bis zu 12 oder sogar 15 Junge aufziehen. <u>Nach der Brutzeit</u> gesellen sich die Kanarien und der Nachwuchs wieder zu größeren Scharen zusammen und streifen durch die Inseln.

Wie kam der »Goldvogel« zu uns ?

Die hübschen grüngelben Vögel mit ihrem zauberhaften Gesang gefielen den Spaniern, die vor über 500 Jahren, von 1473 bis 1496, die Kanari-

schen Inseln eroberten und besetzten. Die Soldaten und Seeleute nahmen die kleinen Sänger mit heim und verschenkten sie als kostbare Rarität. Die »Zuckervögelchen«, wie sie auch genannt wurden, denn sie mögen gerne Süßes, kamen bald sehr in Mode. Sie wurden zum Symbol für Luxus und Weltgewandtheit. Die Preise stiegen so hoch, daß sich nur Reiche einen solchen Sänger leisten konnten. Die Matrosen merkten bald, daß

Die Kopfpartie ist nicht so einfach zu erreichen. Zum Kratzen führt der Kanari das Bein hinter dem Flügel hoch.

Kann jeder Kanari schön singen?

Alle Kanarienvogel-Männchen können singen. Aber nicht alle singen gleich schön. Die Gesangskanarien werden extra ausgebildet. Sie müssen dafür im Herbst in die Singschule. Dann sind sie etwa sechs Monate alt. Damit sie beim Lernen nicht abgelenkt werden, setzt der Züchter sie für einige Wochen allein in einen kleinen Käfig, den Gesangsbauer. Sie sehen dann die anderen Vögel nicht, sondern können sie nur hören. Die Schüler bekommen einen guten Vorsänger. In Belgien wird er sogar »Professor« genannt. Die junge Kanarien versuchen ihn nachzuahmen, so gut sie können. Sie üben fleißig und studieren mehrere Strophen ein. Was die Schüler einmal gelernt haben, vergessen sie nie mehr.

gute Geschäfte mit den Vögeln von den Inseln zu machen waren und brachten immer neue mit. Aber die Seereisen damals waren langwierig und gefährlich.

Mönche versuchten inzwischen, in ihren Klöstern die Kanarienvögel zu züchten. Sie hatten damit Erfolg und konnten einen schwungvollen Handel mit dem Nachwuchs aus eigener Zucht betreiben. Schon bald wurden diese Kanarien nicht nur in Spa-

nien, sondern auch in Italien, Frankreich und England verkauft. Die Mönche waren aber klug genug, nur Männchen abzugeben. Dadurch sicherten sie sich ein Handelsmonopol, das sie fast 100 Jahre erhalten konnten. Doch zum Ende des 16. Jahrhunderts begann auch in Italien die Kanarienzucht und bald ebenso in England und in Frankreich.

Es bleibt ein Geheimnis, wie es zum »Monopolbruch« kam. Wahrscheinlich sind versehentlich Weibchen exportiert worden. So leicht sind Hähne und Hennen nämlich im Herbst und Winter nicht zu unterscheiden. Vielleicht wurden Weibchen aber auch gegen entsprechendes Honorar außer Landes geschmuggelt.

In Italien breitete sich die Kanarienzucht langsam vom Süden nach Norden hin aus. So konnten sich die wärmeliebenden Vögel ganz allmählich der Kälte und den größeren Temperaturunterschieden in unseren Breiten anpassen.

Tirol entwickelte sich bald zu einer Hochburg der Züchter. Die Tiroler Bergarbeiter entdeckten, daß die Vögel ihnen einen lohnenden Nebenerwerb garantierten. Die Bergleute legten dabei ganz besonderen Wert auf einen schönen Gesang und intensive Farben. In Tirol wurden gelbe Kanarienvögel und Schecken gezüchtet; es gab aber auch schon weiße Kanarien. Sie kamen außerdem auf die Idee, Nachtigallen als Vorsänger für die jungen Kanarienhähne zu halten. Die Kanarien lernten, das Lied der Nachtigall nachzusingen.

Die Nachfrage überall in Europa, bis hin nach Rußland und in die Türkei stieg immer mehr.

Die Tiroler Kanarienzucht erreichte im 18. Jahrhundert ihren Höhepunkt. Die Operette »Der Vogelhändler« erzählt aus dieser Zeit.

Die Geschichte vom »Harzer Roller«

Als der Harz im 19. Jahrhundert zu einem Bergbauzentrum wurde, das mit guten Verdienstchancen lockte, gingen viele der ehemaligen Tiroler Bergleute nach Norden. Sie brachten natürlich ihre Kanarienvögel mit.

Zwar war in Deutschland die Stadt Nürnberg schon im 17. Jahrhundert ein Zentrum der Kanarienzucht geworden, doch hatten Kriegswirren den Handel und auch die Vogelzucht hier zu Beginn des 18. Jahrhunderts zerstört.

Im Harz, besonders in Sankt Andreasberg, begannen die Tiroler Bergleute eine systematische Zucht. Sie merkten

Rote Kanarienvögel gibt es erst, seitdem es vor knapp 100 Jahren gelang, den tiefroten Kapuzenzeisig aus Venezuela einzukreuzen.

Ein Vogelbaby ist schon geschlüpft und wird mit Nahrungsbrei aus dem Kropf der Mutter gefüttert.

schnell: Je schöner und strophenreicher die Vögel sangen, und je kräftiger das Gelb des Gefieders leuchtete, umso teurer konnten sie die Kanarien verkaufen. So behielten sie die besten Hähne als Vorsänger und verfeinerten den Gesang immer mehr. Tiefe wohlklingende Roll-Passagen mit »u« oder »o« im Lied der Vögel waren besonders beliebt. Daraus entstand der Begriff »Roller«.

Der »Harzer Roller« oder »Edelroller« wurde weltberühmt. Aus ganz Europa gab es große Nachfrage und ab 1842 wurden die Vögel auch nach Amerika verschifft. Der Absatz in Nordamerika stieg 1860 bereits auf über 15 000 pro Jahr, 1882 wurden 120 000 Kanarien nach New York exportiert. In den Jahren am Ende des vergangenen und Anfang dieses Jahrhunderts gingen über eine Million »Harzer Roller« in den Export. Noch heute stellen sich viele Leute unter einem Kanarienvogel immer einen gelben, wohltönend singenden »Harzer Roller« vor.

17

Überlegungen vor der Anschaffung

Wer sich Kanarienvögel wünscht, sollte vorher gut darüber nachdenken, ob er diesen temperamentvollen und geselligen Singvögeln die Umgebung und Pflege bieten kann, die sie benötigen, um sich wohl zu fühlen.

Entscheidungshilfen

1 Ein Kanarienhahn wird singen, wann und soviel er Lust hat. Der Gesang könnte manchmal störend werden. Während der anstrengenden Mauserzeit singen Kanarien dagegen oft nicht. Es kann aber auch sein, daß Ihr Kanari plötzlich für immer verstummt. Mögen Sie ihn dann trotzdem noch?

2 Kanarienvögel können bei artgerechter Haltung 10 bis 15 Jahre alt werden. Sind Sie bereit, solange die Verantwortung zu übernehmen?

3 Haben Sie genügend Zeit für Ihre Kanarien? Sie müssen täglich gefüttert und gepflegt werden. Nur bei vielseitiger Ernährung, aufmerksamer Beobachtung und ausreichender Hygiene bleiben sie gesund und munter.

4 Wer versorgt die Tiere, wenn Sie in Urlaub fahren, verreisen oder ins Krankenhaus müssen (→ Seite 23)?

5 Kanarien sind gesellige Vögel. Sind Sie bereit, mehrere Kanarien oder zumindest ein Pärchen zu halten? Zwar würde sich Ihnen ein einzelner Kanari eng anschließen, aber wären Sie in der Lage, zu jeder Zeit für ihn als Partner dazusein? Sonst würde er rasch verkümmern.

6 Haben Sie genug Platz für einen großen Käfig oder sogar eine Zimmervoliere? (→ Seite 49).

7 Wenn Sie Ihrem Kind Kanarien schenken möchten, bedenken Sie bitte, daß das Interesse des Kindes schnell erlahmen kann. Dann müssen Sie dafür sorgen, daß es den Kanarien an nichts mangelt (→ Seite 105).

8 Kanarienvögel, die nicht in einer Voliere leben, sollten wenigstens einmal täglich frei im Zimmer fliegen dürfen. Akzeptieren Sie, daß es dabei ein wenig Dreck geben kann?

9 Rund um den Käfig oder die Voliere werden vielleicht oft Körner verstreut sein. Stört Sie das sehr?

10 Sind Sie sicher, daß niemand in Ihrer Familie allergisch auf Federn oder Gefiederstaub reagiert (→ Wichtige Hinweise, Seite 127)?

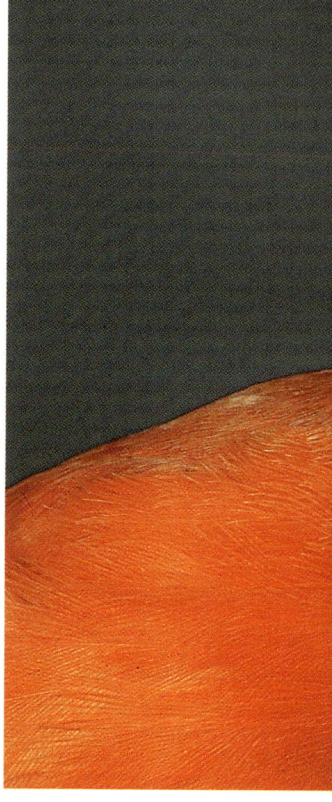

Schnäbeln ist ein Zeichen der gegenseitigen Sympathie – da spielt die Farbe keine Rolle.

Männchen oder Weibchen?

Ideal wäre die Haltung von Männchen und Weibchen. Wer großen Wert auf einen schön singenden Vogel legt, sollte aber auf jeden Fall einen Gesangskanarienhahn wählen. Nur sie singen richtige Lieder mit mehreren Strophen. Die Hennen (so nennen Fachleute die Weibchen) sind dagegen sehr zurückhaltend. Meist lassen sie nur hin und wieder ein leises Zwitschern hören. Das heißt nicht, daß sie nicht singen könnten. Aber sie sehen keinen Grund dafür. Mit seinem Lied legt ein Kanarienhahn seine Reviergrenzen fest, wirbt um ein Weibchen und begleitet die Brutzeit.

Wer aber weniger großen Wert auf den Gesang legt, sondern vor allem Freude an Farben und Formen der Kanarien hat, wird mit einer Henne genauso zufrieden sein.

Die Geschlechtsbestimmung ist außerhalb der Brutzeit nicht einfach. Männchen und Weibchen unterscheiden sich äußerlich kaum. Während bei den wilden Kanariengirlitzen die Weibchen blasser sind, zeigen die Hennen bei den gezüchteten Kanarien oft ebenso kräftige Farben wie die Hähne. Das beste Unterscheidungsmerkmal ist der Gesang. Die jungen Männchen beginnen aber erst im Spätsommer oder Herbst zu singen, und auch die älteren lassen ihr Lied erst wieder nach der Mauser hören.

Welche Kanarienrasse?

Entgegen einer weit verbreiteten Vorstellung sind keineswegs alle Kanarien gelb und begabte Sänger.

Tolle Leistung! Erst einmal werden die Eier gebührend bewundert, dann beginnt das Weibchen zu brüten.

TIP

Während der Balzzeit können die Züchter einen Hahn zuverlässig erkennen: sie nehmen ihn vorsichtig in die Hand, drehen ihn um und blasen behutsam das Gefieder an der Kloake beiseite. Bei einem Männchen sehen sie eine verdickte, vorgestülpte Kloake, den sogenannten Zapfen. Bei den Hennen tritt die Kloake dagegen nicht hervor.

Das trifft nur auf die sogenannten Gesangskanarien (→ Seite 32) zu. Daneben gibt es die immer beliebter werdenden Farbkanarien (→ Seite 37) und Gestalt- oder Positurkanarien (→ Seite 39).

Singen können zwar alle Rassen, aber die Stimme der Farb- und Gestaltkanarien ist meist lauter und schriller. Das Lied der Harzer Roller und anderer Gesangsspezialisten ist dagegen viel leiser und melodischer.

Für welche Rasse Sie sich entscheiden, ist Geschmackssache. Farbkanarien, Gesangskanarien und kleine glatte Rassen sind auch für Anfänger geeignet. Die sogenannten frisierten oder gebogenen Rassen und auch die größeren Arten sind dagegen nichts für den Käfig im Wohnzimmer und sollten Experten vorbehalten bleiben.

Bitte keine Einzelhaft!

Vögel sind Gesellschaftstiere und sollten nie einzeln gehalten werden.

■ Selbst wenn Sie sich noch so viel Mühe geben, können Sie den Vogelpartner nicht wirklich ersetzen. Sie müssen den Kanari viel zu oft alleine lassen. Er bleibt frustriert zurück. Daraus entstehen viele psychische Störungen und körperliche Krankheiten. Vögel können an Einsamkeit und Trauer eingehen.

■ Leider werden noch immer Kanarienhähne in viel zu kleinen Käfigen einzeln gehalten, damit sie nicht von ihrem Gesang abgelenkt werden. Doch die Männchen singen auch, wenn sie in großen Käfigen und in Gesellschaft ihrer Artgenossen gehalten werden, nur nicht ganz so oft. Einzelhaltung ist nicht artgerecht!

■ Ihr angeborenes soziales Verhalten können nur mindestens zwei Kanarien entfalten. Ein Pärchen bietet Ihnen zudem viel mehr Erlebnisse als ein einzeln gehaltener Vogel. Wenn Sie keinen Nachwuchs haben möchten, ist dies leicht zu verhindern. (→ Seite 89).

■ Zwei oder mehr Weibchen können relativ problemlos zusammen gehalten werden. Mehrere Männchen sollten Sie dagegen nur zueinander gesellen, wenn Sie eine Voliere haben und jeder sein Revier abstecken kann. Sonst sehen sich die Hähne zumindest in der ersten Jahreshälfte als Rivalen an und streiten dauernd. Der Unterlegene würde irgendwann eingehen.

■ In einer großen Voliere können Sie mehrere Kanarien halten. Sie werden aber nicht so zutraulich wie einzeln oder paarweise gehaltene Vögel.

Kanarienvögel und andere Heimtiere

Ein Hund läßt sich meist dazu erziehen, die Vögel in Ruhe zu lassen und sie als Familienmitglieder anzuerkennen. Lassen Sie aber den Hund anfangs nicht mit den Vögeln alleine.
Einer Katze werden Sie es wohl nur sehr selten abgewöhnen können, die Vögel fangen zu wollen.
Nager wie Hamster, Meerschweinchen, Chinchilla oder Kaninchen lassen sich problemlos zusammen mit Kanarienvögeln halten. Vorsicht ist aber bei Ratten geboten; sie können den Sängern gefährlich werden.
Ein Aquarium ist ungefährlich, wenn es gut abgedeckt ist. Sonst könnte ein Kanari hineinfallen und ertrinken.
Mit anderen kleinen Vögeln lassen sich die friedlichen Kanarien meist ohne größere Probleme zusammen halten. Voraussetzung ist ein sehr großer Käfig oder eine geräumige Voliere. Gut passen vor allem nahe Verwandte wie Girlitze und Stieglitze, aber auch entfernter verwandte Finkenarten. Kanarien mit Wellensittichen oder Nymphensittichen zu vergesellschaften, ist nicht empfehlenswert. Größere Sittiche und Papageien gehen meist aggressiv auf die kleinen Sänger los. Ihre Schnäbel sind gefährliche Waffen, gegen die ein Kanari keine Chance hat.

Wenn Sie nicht zu Hause sind

Daheim, in ihrer gewohnten Umgebung, fühlen sich Ihre Kanarien am wohlsten. Deshalb sollten Sie rechtzeitig für

Frisches Saftfutter – wie hier eine Gurkenscheibe – mögen alle Kanarien.

Was der Vogelsitter wissen muß

Futter	Welches und wieviel Futter bekommen die Vögel. Wo steht das Futter und wie wird es zubereitet. Welches Grünfutter/Obst mögen die Pfleglinge. Wann wird gefüttert ?
Pflege	Welche Pflegearbeiten sind am Käfig täglich nötig – z.B. frisches Wasser geben – z.B. das Badehäuschen säubern. Welche Pflegearbeiten sind wöchentlich nötig? – z.B. den Sand erneuern, – z.B. die Sitzstangen abschrubben.
Umgang	Wie soll sich der Pfleger den Kanarien gegenüber verhalten. Was ist beim Freiflug zu beachten (z.B. Gefahrenquellen)
Adressen	Telefonnummer und Anschrift des Tierarztes. Ihre Urlaubsadresse.

einen zuverlässigen Pfleger sorgen, wenn Sie verreisen oder mehr als zwei Tage nicht zu Hause sein können. Wenn Sie keinen zuverlässigen Betreuer finden, der während Ihrer Abwesenheit ins Haus kommt, fragen Sie nach, wer die Vögel zu sich nehmen könnte. Oft bieten auch gute Zoofachgeschäfte Pflegeplätze an. Vielleicht sorgt der Züchter für Ihre Kanarien. Oder suchen Sie eine Tierpension, die etwas von Vögeln versteht. Die örtlichen Tierschutzvereine haben oft Adressen von Vogelfreunden, die bereit sind, Ihre Kanarien vorübergehend bei sich aufzunehmen.

Die Kanarien mit in den Urlaub zu nehmen, ist nur bei Autoreisen praktikabel. Auf der Fahrt sollte der Käfig leicht abgedeckt sein, damit die Vögel keine Zugluft bekommen. Keinesfalls darf der Käfig in den geschlossenen Kofferraum gestellt werden. Hier entsteht schnell ein lebensbedrohlicher Hitzestau. Wenn Sie Urlaub im Ausland machen möchten, müssen Sie sich vorher beim jeweiligen Konsulat erkundigen, ob Sie Kanarien einführen dürfen.

Rechtsfragen zur Haltung von Kanarien

Mietrecht

Sind im Mietvertrag keine Bestimmungen über die Tierhaltung enthalten, so ist grundsätzlich davon auszugehen, daß die üblichen Heimtiere in der Mietwohnung gehalten werden dürfen. Denn die Heimtierhaltung gehört heute zur allgemeinen Lebensführung und zum vertragsgemäßen Gebrauch der Mietwohnung, solange durch die Tierhaltung keine Belästigungen eintreten (AG Offenbach, Az.: 34 C 705/85; AG Schöneberg, Az.: 8 C 11/91; AG Friedberg, Az.: C 66/93; AG Heidelberg Az.: 20 C 72/92). Dies gilt grundsätzlich und erst recht auch für die Haltung von Ziervögeln (OLG Frankfurt, Az.: 6 U 108/90). Denn diese Tiere sind ihrer Art und Natur nach nicht geeignet, eine Störung des Hausfriedens hervorzurufen (BGH, Az.: VIII ZR 10/92). Weder geht von ihnen eine übermäßige Geruchsbelästigung aus, noch geben sie Geräusche von sich, die zu einer Lärmbelästigung anderer Mieter führen könnte. Ferner sind diese Tiere nicht imstande, größere Beschädigungen an der Wohnung zu verursa-

chen. Der Mieter braucht daher zur Haltung von Kanarienvögeln keine ausdrückliche Genehmigung. Problematisch wird es erst dann, wenn aus ein oder zwei Kanarienvögeln eine ganze Zuchtgruppe mit sehr vielen Tieren wird. Hier wird man im Einzelfall prüfen müssen, inwieweit der Hausfrieden gestört sein könnte oder nicht. Gestört ist nach der Rechtsprechung der Hausfrieden bereits dann, wenn übermäßig viele Heimtiere gehalten werden (OLG München, Az.: 5 U 7178/89), oder wenn Einstreumaterial (gebrauchter Vogelsand) mit der Folge einer Rohrverstopfung in die Toilette eingeleitet wird (LG Berlin, Az.: 645 S 1/93).

Eigentumswohnung

Ein generelles Verbot der Haltung von Kanarienvögeln in der Eigentumswohnung kann wirksam nur vertraglich durch einen einstimmigen Beschluß der Wohnungseigentümergemeinschaft beschlossen werden. Stimmenmehrheit reicht für ein Tierhaltungsverbot nicht aus (OLG Stuttgart, Az.: 8 W 8/82). Zulässig ist jedoch ein Beschluß der Wohnungs-

eigentümer, der die Tierhaltung in der Eigentumswohnung auf eine vertretbare Zahl begrenzt (OLG Frankfurt, Az.: 11 W 142/87).

Zucht

Wer Kanarienvögel züchten will, bedarf keiner behördlichen Erlaubnis, wie dies beispiesweise bei Sittichen der Fall ist.

Artenschutz

Der Kanarienvogel als domestizierte Zuchtform unterliegt keinen Artenschutzbestimmungen. Artenschutzrechtliche Auflagen müssen daher nicht beachtet werden.

Kaufvertragsrecht

In jedem gut geführten Zoofachgeschäft ist es heute selbstverständlich, daß dem Käufer eine detaillierte Kaufbescheinigung ausgestellt wird. Aus diesem Vertrag sollte hervorgehen: Datum des Kaufs, Kaufpreis, Anschriften des Verkäufers und Käufers. Auch das Geschlecht des Vogels sollte vermerkt sein, wenn es dem Käufer hierauf entscheidend ankommt. Jeder, der einen Kanarienvogel käuflich erwirbt, schließt mit dem Verkäufer immer einen Kaufvertrag ab. Dieser Vertrag muß nicht schriftlich abgefaßt werden, denn auch ein mündlicher Kaufvertrag ist rechtsgültig. Stellt sich nach Übergabe des Kanarienvogels an den Käufer heraus, daß das Tier mit einem Fehler (also einer Krankheit) behaftet war, kann der Käufer seine gesetzlichen Gewährleistungsrechte geltend machen und beispielsweise vom Kaufvertrag zurücktreten oder den Kaufpreis mindern. Voraussetzung hierfür ist aber immer, daß das Tier bereits bei Übergabe (und nur dann) krank war. Gerade bei Infektionskrankheiten läßt sich der Krankheitsbeginn nur schwer feststellen, so daß meistens nur sachverständige Tierärzte diese Frage klären können. Macht der Käufer mit Recht solche Gewährleistungsrechte geltend, so muß

er dies innerhalb von sechs Monaten von der Übergabe an gerechnet tun, da seine Gewährleistungsrechte sonst verjähren.

Kinder und Jugendliche (bis zum vollendeten 16. Lebensjahr) sollten sich den Kauf eines Kanarienvogels besonders gut überlegen. Denn ohne Einwilligung der Eltern, dürfen Kinder noch keinen Kanarienvogel kaufen. Genehmigen die Eltern den Kauf eines Kanarienvogels nicht, muß der Verkäufer das Tier wieder zurücknehmen und den Kaufpreis zurückerstatten.

Fundtier

Zugeflogene Kanarienvögel sind als Fundsache zu behandeln, das heißt, sie sind grundsätzlich bei der Polizei oder im städtischen Fundbüro abzuliefern.

Polizei- oder Fundbüro vermitteln dann die Tiere in ein örtliches Tierheim.

Meldet sich nach sechs Monaten nicht der Eigentümer des Kanarienvogels, darf man den zugeflogenen Vogel behalten.

Trinkwasser muß immer frisch sein. Mit Kot verschmutztes Wasser kann schlimme Krankheiten hervorrufen.

Worauf Sie beim Kauf achten sollten

Zum Kauf Ihrer künftigen Hausgenossen sollten Sie sich viel Zeit nehmen. Kanarienvögel werden in großer Zahl und vielen Varianten angeboten. Die sorgfältige Auswahl erspart Ihnen spätere Enttäuschungen.

Wo Sie Kanarienvögel bekommen

Es gibt mehrere Möglichkeiten, Kanarien zu erwerben:

■ Gut geführte Zoofachgeschäfte bieten Kanarienvögel meist in vielen Varianten an. Oft sitzen hier die Hähne in getrennten Käfigen und singen um die Wette, so daß Sie einen direkten Vergleich haben.

Im Fachhandel bekommen Sie auch gleich die Käfigausstattung und das richtige Futter.

■ Auch direkt vom Züchter können Sie kaufen. Die meisten Züchter haben sich allerdings auf eine bestimmte Rasse und innerhalb der Rassen wiederum auf einige Farbschläge oder Formen spezialisiert.

Mehrere Stunden am Tag verbringt ein Kanarienvogel mit der ausgiebigen Pflege seines Federkleides.

Sie können beim Züchter also selten einen Überblick über die verschiedenen Varianten gewinnen.

Viele spezielle Rassen gelangen allerdings überhaupt nicht in den Handel. Dann werden Sie nur beim Züchter fündig. In den meisten Orten gibt es Kanarienvogelzüchter, also wahrscheinlich auch ganz in Ihrer Nähe.

Adressen erfahren Sie über die örtlichen Vereine, über den Deutschen Kanarienzüchter-Bund DKB oder die Vereinigung für Artenschutz, Vogelhaltung und Vogelzucht AZ (→ Adressen, Seite 125).

■ Auch in Vogel-Fachzeitschriften oder in Tageszeitungen bieten Züchter und Privatleute ihre Jungtiere an.

■ Auf Vogelausstellungen zeigen die Züchter ihre Vögel. Hier können Sie sich einen guten Überblick verschaffen, Züchteradressen bekommen und vielleicht so-

gar gleich eine konkrete Verabredung treffen.

■ In manchen Gegenden gibt es einmal monatlich einen Tiermarkt. Hier bieten viele Züchter ihre Vögel an.

■ Haben Freunde oder Bekannte Vogelnachwuchs, sind sie sicher gerne bereit, Ihnen Junge zu überlassen.

Hinweis: Im Versandhandel sollten Sie Kanarien auf gar keinen Fall kaufen. Auf dem Transport ist der verängstigte Vogel einem enormen Streß ausgesetzt und wenn Sie Pech haben, bringt der Postbote Ihnen ein krankes oder totes Tier ins Haus.

Zeitpunkt des Kaufs

Natürlich finden Sie das ganze Jahr über Kanarienvögel im Angebot.

Die beste Zeit zum Kauf ist jedoch der

Streit um den besten Platz an der saftigen Melone. Wer tüchtig schimpft, bleibt vielleicht zu guter Letzt doch der Sieger.

Herbst ab September bis November oder Anfang Dezember. In diesen Monaten geben die Züchter nämlich ihre Jungvögel ab. Sie können dann also unter einer großen Zahl junger Kanarien auswählen.

Die Vögel sind jetzt fünf bis sieben Monate alt und haben schon ihre Jugendmauser (→ Seite 71) hinter sich.

Wer einen jungen Sänger sucht, sollte allerdings bis November oder Dezember warten. Erst dann ist die Gesangausbildung (→ Seite 16) der Hähne abgeschlossen.

Wie alt sollte der Vogel sein ?

Verantwortungsvolle Züchter und Händler geben keinen Kanarienvogel ab, der nicht die Jugendmauser abgeschlossen hat.

Dann unterscheiden sich die Kanarienkinder kaum noch von ihren Eltern und sind »futterfest«.

Das ist im allgemeinen im September. Die Jungen sind

Ist das Gefieder entstaubt und geglättet, wird es anschlie-ßend mit einem Sekret aus der Bürzeldrüse eingefettet.

28

dann, je nach Schlupfdatum, vier bis sechs Monate alt. Wenn sie früher in eine neue Umgebung gebracht würden, kann es durch die Umstellung leicht zu Komplikationen kommen.

Gesangskanarien müssen noch in die »Schule« und sind nicht vor November oder Dezember mit ihrer Ausbildung fertig. Sie sind dann etwa sechs bis acht Monate alt.

Auch ältere Kanarien gewöhnen sich im allgemeinen gut in ein neues Heim ein.

Das Alter des Kanarienvogels ist leicht an seinem Fußring zu erkennen: Hier sind das Schlupfdatum und die Züchter- und Vereinsnummer eingraviert. Dieser geschlossene Fußring kann nur in der ersten Lebenswoche über den Fuß gestreift werden, ist später nicht mehr abzuziehen und gilt daher als fälschungssicher. Allerdings müssen Kanarien diesen Ring nicht tragen.

Im Gegensatz zu Sittichen und Papageien gibt es bei den Kanarien keine Ringpflicht. Aber alle eingetragenen Züchter beringen ihren Nachwuchs.

Ohne Ring können Sie alt und jung nur sehr schwer unterscheiden. Einen Hinweis geben die Füße: Die Haut ist bei Tieren im ersten Jahr glatt und weich, bei älteren wird sie etwas rauh und schuppig.

Ist der Vogel gesund ?

Schon auf den ersten Blick können Sie meist erkennen, wenn es einem Vogel nicht gut geht. Dann sitzt er aufgeplu

Ein Kanari beim Start. Aus dem Stand heraus kann er sich in die Luft schwingen.

29

stert oder mit gesträubtem Gefieder teilnahmslos allein auf einer Stange oder sogar auf dem Boden. Oft steckt er das Köpfchen unter den Flügel oder hält die Augen halb geschlossen. Manchmal ist das Gefieder rund um die Kloake von Durchfall verschmutzt. Oder die Augen sind verklebt. Beobachten Sie die Kanarien in einem Käfig in Ruhe und mit etwas Abstand. Bei »Gefahr« reißen sich nämlich auch kranke Vögel für kurze Zeit zusammen und zeigen ein glattes Gefieder. Sie könnten also über ihren Zustand hinwegtäuschen.

Allerdings schlafen Vögel auch etwas aufgeplustert und verstecken ihr Köpfchen. Aber gesunde Kanarien schlafen nachts und nur selten kurz in der Mittagszeit.

Sehen Sie einen solch aufgeplusterten Federball,

lassen Sie lieber die Finger davon! Kanarienvögel sind aber im allgemeinen robust und wenig krankheitsanfällig. Ein aufmerksamer und lebhafter Vogel ist wahrscheinlich gesund.

Hinweis: Die Tabelle auf Seite 31 versetzt Sie in die Lage, den Gesundheitszustand eines Kanarienvogels zu beurteilen.

Der Heimweg

Wenn es nur ein kurzer Weg vom Zoogeschäft oder Züchter nach Hause ist, reicht eine kleine Pappschachtel mit Luftlöchern aus, um den Vogel sicher nach Hause zu transportieren. Die Händler stecken

Salat immer gut waschen und abtrocknen, bevor Sie ihn Ihrem Kanari geben.

Gesundheitscheck auf einen Blick

	Gesunder Kanarienvogel	Kranker Kanarienvogel
Gefieder	Glatt, glänzend, sauber, vollbefiedert	Struppig, aufgeplustert, Kahlstellen
Verhalten	Munter, aufmerksam, Kontakt zu Artgenossen, eifriges Putzen, häufiges Picken	Teilnahmslos, isoliert, Augen halbgeschlossen, Köpfchen versteckt
Augen/Nase	Klar und glänzend	verklebt, verkrustet, Ausfluß
Kloake	Sauber, glatt	Federn um Kloake mit Kot beschmiert, gerötet
Brust	Brustbein gerundet	Brust eingefallen. Brustbein steht spitz hervor
Beine	Hornschuppen liegen glatt an, Füße und Zehen sind sauber und gerade, drei Zehen zeigen nach vorne, eine nach hinten	Verdickungen, Verkrustungen, Risse, stark schuppig, Zehen deformiert oder nicht vollständig
Kot	Breiig-fest und dunkel; halbfeste weiße Harnsäure klar getrennt	flüssig, grünlich

einen Vogel meist zum Transport in eine solche Faltschachtel (→ Foto, Seite 46). Die Vögel sitzen in der kleinen dunklen Box ganz ruhig. Wenn sie die Schachtel vorsichtig tragen und aufpassen, daß sie bei einem plötzlichen Bremsmanöver nicht durch das Auto fliegen kann, kommt der Neuerwerb wohlbehalten in sein neues Heim. Bei einem längeren Weg ist ein spezieller Transportbehälter vorzuziehen, meist eine geschlossene Holzkiste mit einem kleinen Gitter an einer Seite.

Hinweis: Die sorgfältige Eingewöhnung der Gefiederten ist wichtig, um von Anfang an Vertrauen zu schaffen. Wie Sie richtig dabei vorgehen und wie Sie Kinder auf die neuen Hausgenossen vorbereiten, erfahren Sie auf den Seiten 100 bis 105.

31

Kanarienrassen und Farben

Ein gelber kleiner Sänger – das ist für die meisten Menschen auch heute noch der Inbegriff eines Kanarienvogels. Dabei gibt es rund 130 Rassen und über 500 verschiedene Farbvariationen, die alle von dem relativ unscheinbaren Kanariengirlitz abstammen.

Zucht mit Verstand

Aus dem kleinen Wildvogel haben die Züchter in über 500 Jahren Kulturgeschöpfe entwickelt, reine Haustiere, nicht mehr zu vergleichen mit der Wildform. Was dabei entstanden ist, findet nicht immer die Zustimmung aller Tierfreunde, hat aber einen eigenen begeisterten Liebhaberkreis. Solange die Lebensfunktionen der Zuchtschöpfungen voll erhalten bleiben, die Tiere gesund und munter sind und nicht leiden, sollten sich aber Nichtkenner mit Kritik zurückhalten. Darauf zu verweisen, daß diese Vögel in der freien Natur nicht überleben könnten, verfehlt das Ziel. Sie wurden für ein Leben in menschlicher Obhut geschaffen. Die organisierten Kanarienzüchter lehnen in ihren Grundsätzen zur Zucht ausdrücklich Merkmale ab, »die biologische Grundfunktionen beeinträchtigen«.

Da, wo Vögel nicht lebensfähig sind, z.B. nicht genügend Abwehrkräfte haben, wegen zu weicher Federn Zysten bilden oder wegen zu steiler Beinstellung Arthrosen entwickeln, muß die Weiterzucht abgelehnt werden. Zur Zeit wird an der Tierärztlichen Hochschule Hannover wissenschaftlich untersucht, ob es bei extremen Formen wie etwa dem Gibber italicus (→ Foto, Seite 40) keine anatomischen Veränderungen am Knochengerüst gibt.

Durch seine Nachfrage hat es der Kanarienfreund mit in der Hand, ob es zu immer ausgefalleneren Variationen kommt, oder ob der gesunde, muntere Kanarienvogel ein vorrangiges Zuchtziel ist.

Die vielen hundert verschiedenen Kanarienarten werden im allgemeinen in drei große Zuchtrichtungen eingeteilt: nach Stimmen, Farben und Formen. Daneben gibt es unzählige Mischlinge.

Gesangskanarien

Singen können alle Kanarien, aber nicht alle haben eine schöne Stimme. Mit ihrem Gesang grenzen die Kanarienmännchen akustisch ihr Revier gegen ihre Rivalen ab.

Kanarien sind aber auch in der Lage, andere Stimmen nachzuahmen, zu »spotten« wie die Fachleute sagen.

Der Harzer Roller, auch Edelroller genannt, ist der berühmteste »Kammersänger im Federkleid«. Er entstand im vorigen Jahrhundert im Harz (→ Seite 16), wird aber inzwischen überall gezüchtet.

Seine Farbe ist gelb. In jahrhunderterlanger Auslese wurde diese Rasse dazu gebracht, sehr angenehm, melodisch, abwechslungsreich und scheinbar mit geschlossenem Schnabel zu singen. Das Lied eines Harzer Rollers besteht haupt-

sächlich aus vier Strophen, die Experten sagen »Touren« dazu: Hohlrolle, Knorre, Pfeife und Hohlklingel. Die Hohlrolle ist das wichtigste Element. Dabei singt der Vogel ein »r« rollend in Verbindung mit den Vokalen »ü«, »o« oder »u«, was sich dann wie »rururu« anhört. Zur Knorre schraubt sich der Sänger in Baß-Stimmlagen herunter. Besonders hoch geschätzt wird hier ein tiefes »rourourou«. Die Hohlklingel entsteht durch ein »l« in Verbindung mit den Vokalen. Der Vogel singt »lülülü« oder »lololo« bis zum tiefen »lululu«. Bei der Pfeife

Foto oben links: Die »Harzer Roller« oder »Edelroller« sind die bekanntesten Gesangskanarien.

Foto oben rechts: Ein Vogel in der Farbvariante rotschwarz-achat.

Foto Seite 35 unten: Diese zarten Farben bezeichnen Züchter als »pastellorangerotachatpastell«

Eine Kreuzung aus gelben Vögeln mit anderen Farbschlägen.

Foto oben rechts: Ein schwarz-rotgrundiger Schecke.

gibt es deutliche weiche Einzeltöne in Verbindung mit »d«, was sich anhört wie »du« oder »dou«, oft am Ende eines Konzertes. Benutzt der Vogel bei seinem Lied ein »i«, dann nennen das die Experten eine Klingel. Es gibt weitere sogenannte Nebentouren: Glucke, Schockel und Wassertour.

Der Wasserschläger, auch Belgischer Wasserschläger genannt, ist etwas größer als der Harzer Roller und hellgelb. Der Gesang dieser Rasse ist mehr »schlagend« im Gegensatz zum rollenden, weichen Gesang des deutschen Vogels.

Der Spanische Timbrado ist bei uns noch wenig bekannt. Er ähnelt im Aussehen dem wilden Kanariengirlitz. Sein Gesang erinnert an ein helles Glockenklingeln.

35

Der American Singer wurde in den USA gezüchtet. Hier wird versucht, die Vorzüge aller Rassen zu vereinen: der Amerikaner singt schön, ähnlich dem Harzer Roller, hat bunte Farben, ähnlich den Farbkanarien und weiche Federn sowie eine gute Haltung, ähnlich manchen Positurkanarien.

Außerhalb seiner Heimat ist der American Singer noch selten zu finden.

Foto oben links: Diese hübsche Züchtung wird gelbachateumogelbschimmel genannt.

Foto oben rechts: Zwei schieferfarbige Vögel.

Foto oben links: Hier wurden Alaniogirlitz und Kanarienvogel gepaar.

Foto oben rechts: Ein Paar Kanarien-Girlitze. So sieht die wilde Stammform aus.

Foto unten rechts: Die Eltern dieses Vogels sind ein Rotstirngirlitz und ein Kanarienvogel.

Foto Seite 36 unten: Eingerahmt von einem roten und einem gelben Kanari sitzt der weiße Vogel in der Mitte.

Farbkanarien

Singen können natürlich auch die Farbkanarien. Sie sind aber nie mit dem Ziel gezüchtet worden, die Stimme immer weiter zu verfeinern. Die Farbkanarienzüchter haben mehr Wert auf neue und fehlerfreie Farbschattierungen gelegt. Ursprünglich waren die Kanarienvögel eher unscheinbar grüngelb mit graubraunen bis schwarzbraunen Flug- und Schwanzfedern und dunkler Strichelzeichnung auf der Oberseite. Nur Brust und Bauch zeigten kräftigere Farbe. Als einige durch Mutation (plötzliche Veränderung der Erbanlagen) einen Teil ihrer dunklen Farbstoffe, der Melanine verloren, entstanden die ersten Schekken. Mit dem weiteren Verlust aller Melanine wurden die Vögel völlig gelb. Auch das Grün war verschwunden. Die sonst dunklen Zeichnungen und Federn waren jetzt weiß.

»Aufgehellte« oder auch »Lipochromvögel« nennen die Experten diese Kanarien ohne Melanine. Der typischste Vertreter dieser

37

Art ist der so bekannte gelbe Kanarienvogel. Diese Farbe des Gefieders heißt Lipochromfarbe oder Fettfarbe. Auch das Rot ist eine Fettfarbe. Wenn nicht nur die Melanine verschwinden, sondern auch die Fettfarben, dann sind die Vögel völlig weiß.

Aus den Aufgehellten in den drei Grundfarben gelb, rot und weiß und den Kanarien mit den ursprünglichen Dunkelfarbstoffen, den Melaninvögeln, haben die Züchter hunderte von Farbschlägen entwickelt. Bei manchen ist die Zeichnung kräftig, bei anderen Arten verdünnt, bei weiteren nur wie ein Hauch.

Die Melaninvögel werden heute unterteilt in Schwarz-Braun-, Achat- und Isabellvögel und weitere Arten, bei denen die Strichelung nur noch wie ein Schleier wirkt. Außerdem fanden die Züchter heraus, daß einige Vögel kürzere Federn trugen, die die Farben viel intensiver leuchten ließen. Sie nannten diese Vögel Intensive oder A-Vögel. Bei den anderen mildert ein weißlicher Saum die Farbe. Diese Kanarien heißen Nicht-Intensive oder B-Vögel.

Mischlinge

Viele Züchter versuchen, durch Kreuzungen von Kanarien mit nahe verwandten Vögeln neue Farbschläge zu erzielen. Her-

Foto oben links: Sehr schöne Mischlinge ergeben Kreuzungen von Karmingimpel/ Dompfaff und Kanarienvogel.

Foto oben rechts: Schwarze Zeisige und Kanarienvögel waren die Eltern dieser Mischlinge.

Foto rechts: Wie eine kleine Federkugel wirkt der Border Fancy (links). Der Fife Fancy (rechts) ist eine kleine runde glatte Positurkanarie.

Foto oben links: Diese Positurkanarie ist eine Deutsche Haube.

Foto oben rechts: Einer der beliebtesten Vögel mit Ponyfrisur ist der Gloster Corona.

aus kommen oft sehr hübsche Mischlinge. Sehr erfolgversprechend sind Mischlingszuchten zwischen Kanarien und anderen Girlitzen. Häufig werden auch Stieglitzmännchen mit Kanarienweibchen verpaart. Die Jungen sind sehr farbenprächtig. Viele dieser Mischlinge sind allerdings unfruchtbar.

Gestaltkanarien

Auf das besondere Aussehen wird bei der Zucht von Gestalt- oder Positurkanarien Wert gelegt. Die Fachleute unterscheiden glatte, gebogene und frisierte Rassen. Heute werden insgesamt 26 verschiedene Positurkanarien gezählt. Die stark gebogenen und frisierten Arten sind die auffälligsten unter den Positurkanarien. Dazu zählen z. B. Gibber Italicus (→ Foto, Seite 40), Südholländer, Makige, Schweizer Frisé und Giboso Español. Einige dieser Extremzüchtungen sollen eine Haltung wie eine »7« oder sogar eine »1« zeigen und auf lang gestreckten Beinen stehen.

Zu den glatten Gebogenen zählen der große Bossu Belge (17 cm), der ebenfalls wie eine »7« stehen soll, und die Rassen mit einem mehr oder minder runden Rücken, in der Form einer Mondsichel, wie der kleine Japan Hoso (11 bis 12 cm), der große Scotch Fancy (mindestens 17 cm – Foto oben links), der Rheinländer und der Münchener.

Die geraden Frisé-Kanarien stehen in aufrechter Haltung: Pariser Trompeter, Paduaner, Nordholländer, Fiorino und Mehringer. Mit rund 20 cm oder mehr ist der Pariser Trompeter (→ Foto Seite 41)

der größte. Die langen Federn sollen in einer genau festgelegten Frisur auf Rücken (Mantel), Brust, Kopf und Beinen getragen werden.

Die kleinen und großen glatten Rassen unter den Positurkanarien sind sehr beliebt. Dazu zählen die keck und niedlich wirkenden Gloster Corona (→ Foto, Seite 40), mit einer Federhaube auf dem Kopf, die aussieht, wie eine Ponyfrisur. Verpaart werden darf dieser Vogel immer nur mit einem Partner ohne Haube, wie dem Gloster Consort. Wei-

Foto oben links: Der Scotch Fancy ist mit 17 cm Länge einer der größten Positurkanarien.

Foto oben rechts: Gloster corona (links), Gloster consort (rechts).

Foto links: Gibber Italicus – eine umstrittene gebogene frisierte Rasse.

Foto oben links: Der Pariser Trompeter beeindruckt durch seine Größe (20 cm und mehr) und seine Lockenpracht.

Foto oben rechts: Die großen Yorkshire mit ihrem dichten Gefieder sind besonders zutraulich.

tere dieser Vögel mit Ponyfrisur sind der massige, über 17 cm große Crested mit dem Partner Crestbred und der riesige, 22 bis 23 cm messende, Lancashire Coppy. Hier heißt der Partner ohne Haube Lancashire Plainhead. Mittelgroß ist die Deutsche Haube (→ Foto, Seite 39). Die meisten glatten Positurkanarien kommen aus England. Ebenso der auch bei uns beliebte Yorkshire – ein großer, stolz wirkender Vogel, der besonders zutraulich ist (→ Foto oben rechts). Als zutraulich gilt auch der bullige Norwich. Er hat ein dichtes, seidiges und weiches Gefieder.

Auch der Crest hat diese übervollen, langen, weichen Federn, sieht aber gegenüber dem Norwich gestreckter aus. Zu den glatten Rassen gehören außerdem die runden Border, der kleine runde Fife (→ Foto, Seite 39), der winzige schlanke Raza Española und der aufrechte mittelgroße Berner. Ein ganz besonderer Vogel ist der Lizard. Er fällt durch sein Federkleid auf, das eine schuppenförmigen Zeichnung hat, die ein wenig an einen Falken erinnert.

Positurkanarien gibt es in fast allen bekannten Kanarienfarben.

Richtig halten und pflegen

Gesunde Kanarienvögel sind bei Tag immer munter. Sie bezaubern uns durch ihren Gesang, ihr Temperament und ihre hübschen Farben. Sorgen Sie für eine artgerechte Haltung und Gesellschaft – Ihre kleinen Sänger werden es Ihnen über viele Jahre danken.

Was Kanarienvögel alles brauchen

Das geräumige Vogelheim sollte bereits fertig eingerichtet sein und an einem festen Platz stehen, wenn Ihre neuen Mitbewohner bei ihnen einziehen. Wenn Sie noch am Käfig hantieren müßten, würde das die Vögel unnötig beunruhigen.

Ein Käfig zum Wohlfühlen

In der Natur ist der Vogel durch seine Fähigkeit zu fliegen an fast grenzenlose Freiheit gewöhnt. Der Käfig sollte es deshalb seinen Insassen wenigstens ermöglichen, mit einigen Flügelschlägen von Stange zu Stange zu flattern. Je mehr Platz vorhanden ist, umso besser für die Gesundheit der Vögel.

Käfiggröße: Der ideale Käfig ist etwa 100 cm breit, 60 cm tief und 80 cm hoch. Darin ist auch genügend Platz für zwei Kanarien. Kleinere Käfige bis runter zu einem Mindestmaß von etwa 60 x 30 x 60 cm sind nur zu akzeptieren, wenn die Käfigtür viele Stunden am Tag offensteht und die Vögel selbst entscheiden können, ob sie freifliegen wollen oder sich lieber in die Geborgenheit des Käfigs zurückziehen möchten. Den größeren Positurkanarien sollten diese kleinen Käfige nie angeboten werden.

Käfigform: Am besten geeignet ist ein rechteckiger Käfig. Lassen Sie sich bei den Maßangaben der Hersteller nicht durch schwungvolle Ausbuchtungen der Vogelheime in die Irre führen! Diese Verzierungen kann der Vogel nicht zum Fliegen nutzen (→ TIP, oben).

Gitterstäbe: Ob die Gitterstäbe waagerecht oder senkrecht verlaufen, spielt bei Kanarien keine große Rolle. Denn sie klettern nicht daran hoch, wie etwa Wellensittiche. Der Abstand zwi-

T I P

Runde Käfige sind als Unterbringung ungeeignet. Darin haben die Vögel keine Orientierungs- und keine Rückzugsmöglichkeit. Auch Holzkäfige sind nicht ideal, weil sie schlecht zu reinigen sind und eine Brutstätte für Milben und Pilzsporen werden können.

Kanarienvögel planschen mit Begeisterung in frischem Wasser.

Solch ein schwingendes Körbchen ist eine tolle Sache. Wer darf zuerst rein?

schen den einzelnen Stäben sollte etwa 12 mm betragen, damit sich die Vögel nicht einklemmen oder hindurchzwängen können. Da Kanarien die Stäbe nicht anknabbern, können sie kunststoffbeschichtet sein, am besten in einer dunklen Farbe. Gitterstäbe aus Chrom oder Messing mögen zwar gut zur Wohnzimmerlampe passen, reflektieren aber möglicherweise einfallendes Licht, was unangenehm für Vogel und Betrachter ist.

Hinweis: Wenn von vorne genügend Licht hereinfallen kann, sind auch die von drei Seiten geschlossenen Kistenkäfige empfehlenswert. Sie gewähren den Vögeln Sichtschutz und Ruhe (und der Schmutz fällt nur in eine Richtung heraus). Bei normalen Käfigen ist eine hohe Bodenschale aus Kunststoff angenehm. Sie hält Einstreu, Futterreste und Federn zurück. Wichtig ist ein Sandschuber, damit die Einstreu bequem gewechselt werden kann.

Die Ausstattung des Käfigs

Sitzstangen: In gekauften Vogelheimen sind meist drei bis vier Sitzstangen angebracht. Die Anzahl ist ausreichend. Das Material besteht jedoch fast immer aus Kunststoff oder gedrechseltem Holz. Beides ist nicht ideal.

Tauschen Sie wenigstens einen Teil der Sitzstangen gegen Naturholzäste aus, z.B. von Obstbäumen, Holunder, Weiden, Eichen, Erlen, Kastanien oder Pappeln. Die Plastik- oder Holzstangen können Fußballengeschwüre verursachen. Durch die unebenen und weicheren Naturäste erhält der Vogel dagegen eine wohltuende Fußgymnastik. Die Zweige sollten unterschiedlich stark sein und eini-

ge so dick, daß die Kanarien sie nur zu zwei Dritteln oder drei Vierteln umklammern können.

Die Naturäste bekommen nicht nur den Füßen der Käfigbewohner besser – auch das Schnabelwetzen ist daran viel angenehmer!

Die Äste können Sie im eigenen Garten oder im Grünen finden oder – schon fertig geschnitten – auch im Zoofachhandel. Bürsten Sie die Zweige mit heißem Wasser ab, bevor Sie sie im Käfig anbringen.

Wichtig ist, daß zumindest einige Stangen federnd oder schaukelnd angebracht sind. Außerdem sollten nicht alle waagerecht verlaufen. Auch

Futterspender sind praktisch, verstopfen jedoch leicht.

Der Rückenschulp des Tintenfischs liefert wichtigen Kalk.

Wasserspender verhindern, daß das Wasser verschmutzt.

So sieht ein gut eingerichteter Käfig aus. Alle Futternäpfe sind von außen zugänglich.

Foto Seite 46 links: In solch einer Faltschachtel läßt sich ein Kanarienvogel sicher transportieren.

auf Bäumen sind viele Äste schräg! Sie können in die Naturholzäste mit einem scharfen Messer Kerben schneiden, um sie im Käfig zu befestigen. Oft reicht es aber aus, sie einfach zwischen die Gitterstangen zu klemmen. Bringen Sie die Sitze so an, daß die Vögel beim Fliegen nicht behindert werden. Achten Sie an den Schmalseiten auf ausreichenden Abstand zum Gitter, damit sich die Vögel nicht das Schwanzgefieder abstoßen.

Hinweis: Äste von Bäumen, die gespritzt wurden oder an stark befahrenen Straßen stehen, dürfen Sie wegen der abgelagerten Giftstoffe keinesfalls verwenden! Benutzen Sie keine Sandpapierhüllen für die Sitzstangen. Die Vögel reiben sich daran die empfindlichen Fußballen wund.

<u>Futter- und Wassernäpfe:</u> Sie sind in einem neu gekauften Käfig im allgemeinen enthalten – allerdings meist zu wenige. Denn neben dem Körnerfutter und Wasser wollen Sie

Ihren Kanarien sicher noch Grün- und Keimfutter und vielleicht auch Eifutter anbieten (→ Seite 64). Futternäpfe aus Kunststoff sind leicht zu reinigen und sollten so angebracht sein, daß kein Kot hineinfallen kann. Besonders praktisch sind Käfige, an denen die Näpfe außen eingehängt werden können.

Futterautomaten oder -spender sind mit einiger Skepsis zu betrachten. Die Spelzen der Körner können bei vielen Formen leicht die Öffnung verstopfen, so daß die Vögel vor dem gefülltem Automaten verhungern. Wenn Sie einen Futterspender verwenden möchten, wählen Sie unbedingt einen mit einer breiten Öffnung und kontrollieren Sie täglich den Nachschub.

Wasserautomaten, die von außen an dem Gitter befestigt werden und nur mit einer kleinen Öffnung hineinragen, sind sehr empfehlenswert. Das Wasser ist damit leicht zu erneuern und wird kaum verschmutzen. Wählen Sie solch einen Spender nicht zu klein. Bei heißem Wetter haben Kanarien einen recht hohen Wasserbedarf. Plazieren Sie den Wasserspender einige Zentimeter über einer Sitz-

gelegenheit, so daß die Vögel bequem trinken können.

Grit oder zerstoßene Muschelschalen: Dies benötigen Kanarien zusätzlich für ihre Verdauung. Zwar ist im Vogelsand meist Grit enthalten; es ist aber hygienischer, wenn sich die Vögel den Grit oder die Muschelschalen aus einem Schälchen holen können und nicht vom Käfigboden nehmen müssen.

Vogelsand: Er ist sicher der am häufigsten verwendete Bodenbelag in Vogelkäfigen. Geeignet ist jedoch auch Quarzsand. Wenn Sie den Vögeln Sand und Grit in Schälchen anbieten, können sie als Bodenbelag auch z. B. Hobelspäne oder Hugro-Streu, eine entstaubte Pferde-Einstreu, wählen.

Kalk-Schnabelwetzstein oder Sepiaschale: Sie sind unentbehrliches Käfigzubehör, um die Vögel mit Kalk und anderen lebenswichtigen Mineralien zu versorgen. Bringen Sie Stein oder Schale so an, daß die Vögel sie von einer Sitzstange aus erreichen können.

Badegelegenheit: Baden gehört zu den Grundbedürfnissen der Kanarien. Geeignet sind Badehäuschen, die in die Käfigtür eingehängt werden

T I P

Naturholzstangen lassen sich wegen der rauhen Oberfläche nicht so leicht reinigen wie die glatten gedrechselten. Deshalb die Naturäste öfter erneuern. Eine geschickte Anordnung der Sitzstangen im Käfig verhindert, daß sie von oben mit Kot beschmutzt werden.

Kolbenhirse ist ein besonders beliebter Leckerbissen.

können, aber auch größere, etwa fünf Zentimeter hohe Schalen (z. B. Blumenuntersetzer), die auf den Boden größerer Käfige oder Volieren gestellt werden. Da die Vögel häufig von dem Badewasser trinken, achten Sie bitte darauf, daß es nicht mit Kot verschmutzt wird.

Spielzeug: Kanarien können mit Spielzeug nicht sehr viel anfangen. Begeistert beschäftigen sie sich aber mit frischen Zweigen und Blättern von Obstbäumen, Birken, Weiden, Pappeln oder anderen ungiftigen Bäumen und Sträuchern. Auch Halme, Bast oder Baumwollfäden tragen sie manchmal spielerisch umher.

Luxus-Heim: Voliere

Wer genügend Platz hat und vielleicht sogar eine kleine Vogelgesellschaft halten will, entscheidet sich am besten gleich für eine Voliere. Zimmervolieren gibt es fertig im Handel zu kaufen. Eine Modelle haben Rollen, sodaß sie leicht hin und her zu transportieren sind und bei schönem Wetter auch auf Balkon oder Terrasse geschoben werden können. Mit rund 100 cm Breite und 60 cm Tiefe brauchen sie auch nicht viel mehr Raum als ein geeigneter Käfig, sind aber 150 bis 170 cm hoch. Sie bieten ausreichend Platz für vier Kanarien, auch für größere Rassen. Diese Volieren können, ausgestattet mit Naturholzzweigen und Pflanzen, zu sehr dekorativen Elementen Ihrer Wohnung werden. Wenn Sie die Zimmervoliere im Sommer nach draußen stellen möchten, achten Sie darauf, daß sie in ihren Maßen durch die Tür paßt! Für die Einrichtung einer Voliere gilt das gleiche wie bei einem Käfig. Im allgemeinen haben die Zoofachhändler solche Volieren nicht vorrätig; sie können aber bestellt werden und sind meist innerhalb von zwei bis drei Wochen lieferbar.

Mit Kanarien wohnen

Solch ein Hängefreisitz ist ein attraktives Ausflugsziel.

Da wo Sie sich am häufigsten aufhalten, sollte auch der Vogelkäfig stehen – mit Ausnahme der Küche, denn hier lauern zu viele Gefahren. Bitte suchen Sie den geeigneten Standort schon aus, bevor die Vögel bei Ihnen einziehen. Das neue Heim sollte fertig eingerichtet auf sie warten.

Der beste Platz für den Käfig

Wahrscheinlich ist das Wohnzimmer der Raum, wo die Vögel und Sie am meisten voneinander haben. Je nach Familiensituation kann dies aber auch ein Arbeitszimmer oder der Wintergarten sein. Dies zeichnet einen guten Käfigstandort aus:

■ Ein heller Platz in der Nähe eines Fensters. Der Käfig darf jedoch nicht in der prallen Sonne stehen. Sonnenlicht ist zwar wichtig, aber die Vögel müssen sich

in den Schatten zurückziehen können.

■ So hoch, daß die Vögel etwa in Augenhöhe der Menschen sitzen und einen guten Überblick über das Zimmer haben. Ein tieferer Standort und Aktivitäten über ihren Köpfen machen den Kanarien Angst.

■ Ein Schrank, ein stabiles Brett an einer Wand oder ein Käfigständer können als Stellplatz dienen. Bei größeren Vogelheimen sind die fahrbaren Sockel oder Stative auf Rollen praktisch. Sind Katzen im Haus, ist zu überlegen, den Käfig frei an die Decke zu hängen. Dann sollte aber die Bodenschale noch einmal extra gesichert werden, damit sie nicht plötzlich herabfällt.

■ Sicher vor Zugluft. Überprüfen Sie mit einer Kerzenflamme, ob es zieht. Zugluft macht Kanarien krank.

■ Ruhe. Die Vögel wollen zwar gerne in Ihrer Gesellschaft sein, aber sie haben ein

Davon kann er nie genug bekommen.

2

empfindliches Gehör. Ein Standort neben dem Fernsehgerät, Lautsprechern oder dem Klavier ist ungeeignet.

■ Sehr gut ist der Käfig in einer Zimmerecke gleich neben einem Süd- oder Westfenster untergebracht. Die Vögel sind nach zwei Seiten geschützt und haben trotzdem genug Licht.

Ungeeignet als Käfigstandort sind Räume, in denen oft geraucht wird; die Küche, denn Kochdünste vertragen die Vögel nicht. Außerdem lauern hier beim Freiflug zu viele Gefahren. Auf Fensterbänken, direkt an der Scheibe sind die Temperaturunterschiede zu kraß.

Hinweis: Die Temperatur im Vogelzimmer sollte nicht stark schwanken. Wenn der Raum zu dunkel ist (z. B. auf der Nordseite), müssen Sie mit Leuchtstoffröhren (True-Lite-Röhren), die dem natürlichen Lichtspektrum weitgehend entsprechen, für genügend Helligkeit sorgen. Eine Zeitschaltuhr hilft bei der Regulierung des Lichtes.

Für eine größere Schar Kanarien möchten Sie möglicherweise einen ganzen Raum reservieren. Auch trockene, beheizte Kellerräume sind da-

Darf der Kanarienkäfig in deinem Zimmer stehen?

Grundsätzlich ja, bedenke jedoch:
wenn du in der Schule bist oder mit deinen Freunden nach draußen gehst, sind die Vögel lange alleine. Aber sie wären viel lieber in Gesellschaft von dir oder deiner Familie. Die Antwort auf die Frage hängt also auch davon ab, wieviel Zeit du wirklich in deinem Zimmer verbringst. Hältst du mindestens zwei Kanarien, können sie sich natürlich auch miteinander beschäftigen. Dann sind sie nicht so einsam. Wenn du gerne deine Musikanlage voll aufdrehst, dürfen die Kanarien nicht in deinem Zimmer stehen. Das wäre ihnen viel zu laut.
Wo Vögel leben, entsteht mehr Staub, durch das Gefieder, den Sand und Futterreste. Du mußt sicher sein, daß du nicht empfindlich darauf reagierst. Sonst wäre es nicht gut, mit den Vögeln im gleichen Raum zu schlafen.

für geeignet, wenn sie mit den entsprechenden Lichtquellen ausgestattet wurden.

Freiflug

Vögel, die nicht fliegen dürfen, leiden unter Muskelschwund, verfetten rasch und werden krank. In Menschenobhut müssen die Kanarien oft

Gelegenheit zum Fliegen haben. Alle Vögel, die nicht in großen Volieren leben, brauchen mehrere Stunden täglich »Ausflug«.

Der erste Freiflug ist natürlich besonders spannend. Damit den Vögeln dabei nichts zustößt, müssen Sie einige Gefahrenquellen ausschalten (→ Tabelle, Seite 56).

Warten Sie mit dem ersten Ausflug ein bis zwei Wochen. Die Vögel sollten erst mit der neuen Umgebung und Ihnen besser vertraut geworden sein. Wundern Sie sich nicht, wenn die Kanarien nicht gleich den Käfig verlassen.

Sie sind vor-

sichtig, bevor sie sich hinauswagen und vielleicht haben sie bis jetzt kaum Flugerfahrung. Jagen Sie die Vögel keinesfalls heraus! Irgendwann werden sie die Gelegenheit der offenen Tür schon nutzen. Ein Sitzzweig im Zimmer oder ein Vogelbaum (→ Seite 54) ermöglichen sichere Starts und Landungen.

Mit der Rückkehr in den Käfig haben es die Kanarien vielleicht anfangs nicht so eilig. Versuchen Sie nicht, die Vögel einzufangen; sie würden jedes Vertrauen zu Ihnen verlieren. Sobald sie Hunger und Durst bekommen, werden sie sich auf den Rückweg machen. Nicht außerhalb des Käfigs füttern! Wenn Sie eine Stunde vor dem Freiflug die Näpfe aus dem Käfig nehmen und dann später die gefüllten Futternäpfe in den Käfig hängen, während die Bewohner noch unterwegs sind, treibt sie der Hunger sicher bald zurück.

Körnerfutter ist die Grundnahrung der Kanarienvögel. Wichtig für ihre Gesundheit sind aber auch Grün- und Saftfutter.

53

Ein Vogelbaum ist das Höchste

Mit Vorliebe steuern die Kanarien bei ihren Ausflügen hohe Landeplätze an: Gardinenstangen, große Zimmerpflanzen, Schränke oder Lampen. Von hier aus können sie alles überblicken. In der Natur bieten ihnen hohe Sitzpositionen Schutz vor Feinden.

Sitzzweige im Zimmer werden von den Vögeln gern angenommen. Legen Sie Zeitungen oder Papiertücher darunter, dann können Sie die Kotballen leicht auffangen. Im Zoofachhandel werden auch spezielle Halterungen, in denen der Kot aufgefangen wird, für die Freisitze angeboten.

Ein Vogelbaum ist ein optimales Ausflugsziel für Ihre Kanarien. Dazu brauchen Sie:

■ Einen etwa zimmerhohen Stamm oder Ast von ungiftigen Bäumen oder Sträuchern (→ Seite 61) mit vielen Verzweigungen, besonders im oberen Teil. Die Seitenäste und Zweige sollten einen Durchmesser von 2 bis 20 mm haben. Einige sollten federn und wippen, damit die Vögel das Balancehalten üben können.

■ Eventuell einige zusätzliche Zweige für die Ausstattung mit weiteren Sitzgelegenheiten.

Solch einen Vogelbaum können Sie leicht selbst bauen. Befestigen Sie regelmäßig frische Zweige zum Knabbern an dem Baum.

Eine Vogelleiter können auch Kinder basteln (→ Seite 111).

Einzelsitze für jeden Vogel zum Selbstbauen (→ Seite 109).

Mit Steinen, Erde und Sand wird der Baum standfest.

■ Eine große Blumenschale oder ein anderes dekoratives Gefäß mit einem Durchmesser von 70 cm oder mehr im oberen Rand.

■ Einen schweren Christbaumständer oder Mauerstein mit Löchern oder einen Betonständer für Sonnenschirme (je nach Dicke des ausgesuchten Hauptstammes).

■ Etwa 20 große Kieselsteine, Erde, 5 bis 10 kg Vogel- oder Quarzsand, Bast.

So wird's gemacht: Schrubben Sie den Stamm gründlich mit heißem Wasser ab.

Befestigen Sie ihn dann in dem Christbaumständer, Mauerstein oder Schirmständer so, daß er nicht mehr wackelt oder herauszuziehen ist. Stellen Sie den Ständer samt Stamm in die Blumenschale und beschweren Sie ihn mit den Steinen, damit er nicht kippen kann. Füllen Sie mit Erde auf und drücken Sie fest an. Darauf kommt eine dicke Schicht Sand und zur Dekoration ein paar schöne Steine. Die Äste werden dann ringsherum soweit gekürzt, daß sie nicht mehr über den Schalenrand hinausragen.

Mit Hilfe des Bastes können bei Bedarf einige zusätzliche Queräste befestigt werden.

Wenn möglich, bringen Sie regelmäßig einen frischen Zweig mit Blättern oder Knospen an. Ihre Vögel werden begeistert sein!

Der Kot fällt in den Sand und ist leicht zu entfernen. Stellen Sie den Baum weit weg vom Käfig auf – dann wird die Flugstrecke länger.

Zimmerpflanzen

Kanarien lieben Grünpflanzen. Wenn Sie nicht wollen, daß Ihre Blumen angeknabbert werden, sollten Sie sie vor dem Freiflug in Sicherheit bringen.

Gefährlich für die Kanarien könnten giftige Pflanzen werden wie: Becherprimeln, Buchsbaum, Dieffenbachien (alle Arten), Eibe, Nachtschattengewächse, Narzissen, Oleander, Weihnachtsstern, Wunderstrauch, und viele mehr. Allerdings ist nicht erforscht, ob die Kanarien von allen giftigen Pflanzen fressen würden und ob sie ihnen wirklich schaden. In geringen, homöopathischen Mengen haben viele heilende Wirkung. So wachsen in unseren Volieren seit Jahren große Mengen des eigentlich giftigen Efeus. Die Vögel fressen ihn in der kalten Jahreszeit von Zeit zu Zeit ab, ohne den

Gefahrenquellen erkennen und vermeiden

Gefahrenquelle	Was kann passieren?	Wie vermeide ich das?
Fenster, Fensterscheibe	Vogel entfliegt; Vogel fliegt gegen die Scheibe: Gehirnerschütterung, Genickbruch	Fenster und Türen schließen; Vorhänge zuziehen, Jalousien herablassen, Fliegennetz vor Fenster spannen
Schrank	Vogel rutscht aus und fällt hinter den Schrank	Spalten zwischen Schrank und Wand abdecken
Bücherregal	Vogel fällt hinter die Bücher und kommt aus eigener Kraft nicht mehr heraus	Bücher bis hinten an die Wand schieben, als Ausschlupf; eventuell ab und zu ein Buch querlegen
Vasen, Eimer, Aquarium, Toiletten, wassergefüllte Badewanne	Vogel rutscht hinein und ertrinkt	Abdecken oder während des Freifluges aus dem Zimmer schaffen
Kerzenlicht, Adventskranz, Halogenlampen	Kanari verbrennt sich oder fängt sogar Feuer an offener Flamme	Bei Freiflug keine Kerzen anmachen, Halogenlampen ausschalten
Fliegenfänger	Vogel bleibt daran hängen und verklebt; Herzschlag vor Schreck	Auf Fliegenfänger verzichten
Giftige Pflanzen, Chemikalien, Putzmittel, Blei, Zigarettenkippen, Klebstoffe, Teflonpfannen	Vergiftung mit Todesfolge	Keine giftigen Pflanzen ins Zimmer stellen; Putzmittel, Alkohol, Medikamente, Zigarettenkippen etc. nicht stehen lassen
Offene Schränke und Schubladen	Vogel klettert hinein; verhungert oder erstickt	Alle Schranktüren und Schubladen vor dem Freiflug schließen
Offene Türen	Oben auf der Tür sitzender Vogel wird beim Schließen eingeklemmt	Türen beim Freiflug geschlossen halten; aufpassen
Ziergefäße, Papierkorb	Vogel rutscht unbemerkt hinein und kommt nicht mehr hinaus	Ziergefäße mit Sand, Zeitungspapier etc. füllen; Papierkorb umdrehen
Küche	Tödliche Verbrennungen in Pfanne, Topf, auf Herdplatte	Vogel beim Kochen nicht in die Küche lassen

Naturholzäste ermöglichen den Kanarienvögeln eine gesunde Fußgymnastik.

geringsten Schaden zu nehmen. Efeu diente früher in der Volksheilkunde als Mittel gegen Atemwegserkrankungen und Gicht.

Nachtruhe

Wenn es dunkel wird, wollen die Kanarien schlafen.

Sie sitzen dann als aufgeplusterter Federball mit nur einem Bein auf der Stange. Stören und erschrecken Sie die Vögel jetzt nicht mehr.

Im Dunkeln können Kanarien nicht mehr viel sehen und sich leicht verletzen. Aber Sie brauchen nicht mäuschenstill zu sein. Auch in der Natur gibt es nachts Geräusche.

Fernseher oder Radio dürfen in normaler Lautstärke laufen – mit mehreren Metern Abstand zu den Vögeln.

Wenn Sie das Zimmer abends gern hell erleuchten, sollten Sie den Käfig jedoch mit einem dünnen, luftdurchlässigen, dunklen Tuch abdecken.

Abwechslungsreiche Ernährung

Die Natur bietet Kanarienvögel ein sehr vielseitiges Futterangebot. Käfigvögel sind auf das angewiesen, was wir ihnen mitbringen. Auch wenn wir nie in der Lage sein werden, unseren gefiederten Freunden das gleiche vielfältige Menü zu servieren wie die Natur, so wissen wir heute doch genug, um ihnen eine gesunde und abwechslungsreiche Kost zu bereiten.

Die Grundnahrung

Mehlhaltige und ölhaltige Sämereien sind das Hauptfutter der Kanarien, sozusagen das tägliche Brot. Im Handel gibt es fertige ausgewogene Körnermischungen. Aber Sie können sich natürlich auch Ihre eigene Mischung zusammenstellen. Ein wesentlicher Bestandteil jedes Kanarienfutters ist Glanz. Glanzsaat ist der Samen des Kanariengrases und wird oft nur Kanariensaat genannt. Es hat einen hohen Kohlenhydratgehalt und relativ niedrigen Fettgehalt. Glanz sollte mindestens zu einem Viertel bis einem Drittel in der Futtermischung enthalten sein. Üblicherweise besteht eine Mischung außerdem rund zur Hälfte aus fetthaltigen Sommerrübsen und Negersaat.

Hinzu kommen ca. 10 % geschälter Hafer, 5 % Hanf, 2 % Weizen, 2 % Senegalhirse, 2 % Salatsamen, 2 % Mohn, 2 % Leinsamen. Zusätzlich können auch Dotterlein, Distelsamen und sogar Sonnenblumenkerne angeboten werden. Ungeschälter Hafer ist ebenfalls ein wertvoller Futterbestandteil.

Futterqualität prüfen!

Achten Sie beim Kauf auf das Haltbarkeitsdatum der Körnerpackung. Verschimmeltes, von Schädlingen befallenes oder ranziges Futter führt zu schweren Verdauungsstörungen, Vitaminmangelschäden, Lebererkrankungen oder Lungenschäden.

Geeignete Saat ist glatt, glänzend, sauber und frei von unangenehmen Gerüchen. Kosten Sie ölhaltige Sämereien wie Rübsen am besten selbst: im verdorbenen Zustand sind sie ranzig. Frischer Sommerrübsen schmeckt süß und nußartig.

Mit einer Keimprobe (→ Keimrezept, Seite 59) stellen Sie schnell fest, ob das Futter in Ordnung ist. Innerhalb von 48 Stunden sollten mehr als die Hälfte der Samen gekeimt haben. Falls nicht, besorgen Sie am besten neues Futter.

Im Futternapf sollte immer genügend Körnerfutter sein. Wenn die Vögel viel Bewegung haben, können sie nicht zu dick werden.

Keimfutter

Keimfutter sollten Sie den Vögeln das ganze Jahr über anbieten. Es ist reich an Vitaminen, Energie und Enzymen. Unentbehrlich ist Keimfutter während der Brutzeit und der Mauser.

<u>Das Keimrezept:</u>

■ 2 Teelöffel der Samenmischung (ausreichend für zwei Kanarien) in ein Plastik-Haushaltssieb geben und in ein mit lauwarmem Wasser gefülltes Gefäß (Plastiktopf, Glasschale, Einmachglas) hängen. Die Samen sollten gut mit Wasser bedeckt sein.

■ Nach 12 Stunden das Sieb mit Wasser durchspülen und die Samen weitere 12 Stunden in frisches Wasser hängen.

■ Das Sieb mit den schon gequollenen Samen wieder gründlich abbrausen und in das Gefäß hängen. Nur noch so viel Wasser in das Gefäß füllen, daß das Keimgut nicht mehr hineinhängt. Das Sieb locker abdecken. Es sollte jedoch noch Luft und auch etwas Licht herankommen.

■ Am nächsten Tag zeigen sich kurze Keimspitzen. Die Samen noch einmal abbrausen, mit dem Sieb zum Abtrocknen kurz auf ein Handtuch stellen und den Vögeln in flachen Schalen servieren. Da das Keimfutter leicht säuern und verderben kann, müssen Sie es sorgfältig zubereiten und schnell verfüttern.

Hinweis: Sie können das Futter auch in Keimautomaten (in Reformhäusern

oder Naturkostläden erhältlich) nach Gebrauchsanweisung anfertigen.

Frischkost

Alle Kanarien stürzen sich heißhungrig auf die halbreifen Samenstände vieler Wildkräuter und Gräser, aber auch auf die Blätter. Wenn Sie solche Futterpflanzen sammeln, achten Sie darauf, daß die Pflanzen frei von chemischen Spritzmitteln sind!

Sonst können Sie Ihre Vögel vergiften.

TIP

Praktisch für das Servieren von Gemüse- und Obststücken ist eine Holzleiste, in die im Abstand von rund 8 cm Nägel eingeschlagen wurden. Möhren, Gurken und anderes sind dann bequem aufzuspießen.

Obst wird an einem Aststück oder Nagel aufgespießt, Kräuter- und Grästersträußchen werden mit einer Klammer am Käfiggitter befestigt.

Grundspeiseplan (außerhalb der Brutzeit und der Mauser)

Wie oft?	Wieviel davon pro Vogel?
Täglich	Sepiaschale/Schnabelwetzstein kann immer im Käfig bleiben, verwelktes Obst oder Grünzeug bitte am nächsten Morgen entfernen 2 bis 3 Teelöffel Körnermischung, 1 kleines Stück Obst, Gemüse oder Salat, 1 Sträußchen Grünfutter, Sepiaschale /Schnabelwetzstein, unbegrenzt Trinkwasser (evtl. mit Vitaminzusatz).
Alle 2 bis 3 Tage, im Wechsel	(z.B. Montag Keimfutter, Dienstag Weichfutter, Mittwoch Kolbenhirse etc.) Keim- und Weichfutterreste bitte am Abend entfernen; Kolbenhirse im Käfig lassen, bis sie ganz aufgefressen ist. 1 bis 2 Teelöffel Keimfutter, 1 bis 2 Teelöffel Weichfutter, 1 Kolbenhirse, frische Zweige.

Hinweis: In der Brutzeit benötigen die Kanarien wesentlich mehr. Keim- und Weichfutter sollten täglich gegeben werden. Das gilt auch für die Mauserzeit. Futter muß Zimmertemperatur haben!

Beliebte Futterpflanzen sind:
Vogelmiere (die ganzen Pflanzen), Löwenzahn (Samenstände und Blätter), Hirtentäschl-Kraut, Breitwegerich, Spitzwegerich, Knöterich, Melde, Gänsefuß, Sauerampfer, Brennnesseln, Beifuß, Kreuzkraut, Gänsedistel, Greiskraut, Wegwarte und die Rispen vieler Grasarten.

Leider sind diese Futterpflanzen und Samenrispen nicht das ganze Jahr über zu sammeln. Denken Sie daran, genug davon für »Notzeiten« einzufrieren.

Ungespritzter Salat, Gemüse und Obst sind wertvolle Ergänzungen zur Grundnahrung.

Gemüse: Möhre, (auch kleingeschabt und mit Weichfutter vermischt), Gurke, Paprika, Zucchini, Fenchel, Chicorée, Endivien-, Feldsalat, Spinat, Rosenkohl, Petersilie, Basilikum, Kresse, Kerbel, gekochte Kartoffel, Tomaten, Sellerie und vieles mehr.

Obst: Feigen, Weintrauben, Rosinen (ungeschwefelt), Äpfel, Birnen, geschälte Orangen, Melone, Mandarinen, Bananen, Pfirsich, Aprikose, Erdbeeren, Himbeeren, Brombeeren, Kirschen, Eberesche, Feuerdorn.

Frische Zweige: Sie sind, mit Knospen oder Blättern, ein Leckerbissen für Ihre Kana-

rien. Geeignet sind Zweige von: Obstbäumen, Weiß- und Schwarzdorn, Ahorn, Birke, Weide, Erle, Eiche, Buche, Ulme, Holunder, Kiefer, Fichte, Heidelbeere. Im Winter können Sie solche Zweige in einer Vase im warmen Zimmer zum Knospen bringen!
Bitte nicht füttern: Goldregen, Seidelbast, Aronstab, Eibe, Liguster, Heckenkirsche, Eisenhut, Pfaffenhütchen, Lebensbaum, Stechpalme, Oleander, Tollkirsche, Fingerhut, Robinie, Wacholder, Mandel-

baum, Azaleen, Dieffenbachien, Philodendron-Arten, rohe Kartoffeln, grüne Bohnen, Kohl, Rhabarber, Grapefruit, Zitrone.
Diese Pflanzen und deren Früchte könnten giftig oder zumindest unbekömmlich sein. Wir wissen allerdings sehr wenig über die Giftwirkung von bestimmten Pflanzen auf die verschiedenen Vogelarten.

Leckerbissen und Extras
Eine besondere Freude können Sie Ihren Kanarien mit

Alle Früchte, Salatblätter und Gemüse sollten frisch, abgewaschen und trocken sein und Zimmertemperatur haben.

Für frisches Obst und Gemüse sind die meisten Kanarien zu begeistern.

T I P

Kaufen Sie besser kleine Futterpackungen, auch wenn kleine Mengen im Verhältnis teurer sind. Das Futter verdirbt sonst zu schnell. Sie sollten den Futtervorrat innerhalb weniger Wochen verbrauchen können. Eine sachgerechte Lagerung ist schwierig und das Futter verliert mit der Zeit wertvolle Inhaltsstoffe.

Kolbenhirse machen. Übrigens sind auch ungiftige Blätter voller Blattläuse eine Delikatesse für Ihre Vögel.

Vitaminzusätze (beim Tierarzt oder im Zoofachhandel erhältlich) sollten Sie Ihren Kanarien regelmäßig ins Futter oder Trinkwasser mischen. Besonders zur Brutzeit, Mauser, bei Hitze oder Kälte, Streß oder Erkrankungen steigt der Vitaminbedarf. Am besten werden sie nach Dosierungsanleitung ins Trinkwasser gegeben oder dem Weichfutter beigemischt. Bestimmte weiße Kanarienvögel, die sogenannten Rezessiv-Weißen oder Englisch-Weißen, sind nicht in der Lage, selbst Vitamin A zu bilden. Ihnen muß deshalb ganz besonders viel Vitamin A zugeführt werden.

Mineralien und Spurenelemente sind ebenfalls lebensnotwendig. Calcium, Phosphor, Kalium und viele andere holen sich die Vögel aus Sepiaschalen, Schnabelwetzstein, zerriebenen gekochten Eierschalen, Grit, Sand und Erde.

Weich- und Aufzuchtfutter bzw. Eifutter lieben alle Kanarien. Aber Vorsicht! Sie können sich daran schnell fett fressen! Vor und während der Brutzeit, der Mauser und ab und zu auch zwischendurch sollten Sie es jedoch anbieten. Wie andere Vögel auch, verfüttern Kanarien an ihre Jungen viel tierisches Eiweiß (Insekten). Fertiges Weichfutter gibt es zu kaufen. Sie können es mit geriebenen Möhren, hartgekochtem Ei, Quark,

Babybrei-Pulver, Sportler-Eiweißdrink und Vitaminzusätzen ergänzen.

Probieren Sie dieses Aufzuchtfutter: 2 Teelöffel Ei- oder Aufzuchtfutter aus dem Zoofachhandel, 1 Teelöffel hartgekochtes Ei, durch ein Sieb gepreßt oder fein zerbröselt, 1 Teelöffel Magerquark, etwas geriebene Möhre, etwas feines Keimfutter, 1 Prise kleingemahlene gekochte Eierschale, 1 Prise Traubenzucker, 1 kleine Prise einer guten

Grünfutterautomaten gibt es fertig zu kaufen. Sie sind sehr praktisch, aber schnell leergefressen.

Dürfen Kanarien von deinem Teller naschen?

Deine Kanarienvögel interessieren sich wahrscheinlich für alles, was dir gut schmeckt. Aber sie dürfen nicht von allem naschen.

Bitte paß gut auf, daß sie folgendes nicht essen: Salziges und Gewürztes (auch keine Salzstangen), Käse, Wurst, Butter, Sahne, Fett, Schokolade, Süßigkeiten, Zucker, Alkohol, Kaffee. Deine Kanarien könnten sehr krank davon werden und sterben.

Hiervon darfst du ihnen etwas abgeben: Obst, Brot oder Kuchenkrümel, gekochte Kartoffeln, Gemüse und Salat, Quark, ein Stückchen Nudel oder Spaghetti, hartgekochtes Ei, aber alles bitte ohne Salz und Gewürze.

Vitamin-Mineralien-Mischung (nach Dosieranleitung), einige Tropfen kaltgepreßtes Öl (z. B. Olivenöl, Distelöl), eventuell zusätzlich: Insekten-Weichfutter, frische Insekten wie Blattläuse, Wasserflöhe, Fruchtfliegen, Maden, kleine

Trinkwasser darf nicht mit Kot verschmutzt sein.

Würmer, Asseln, Spinnen etc., Weizenkeime, Hefeflocken, Eiweißnahrung für Sportler (Granulat), Kieselerde, Algenmehl.

Alles wird vermengt zu einer feuchtkrümeligen lockeren Masse. Geben Sie von der Mischung nicht mehr als 1 bis 2 Teelöffel pro Kanarienvogel, nur bei der Jungenaufzucht mehr. Das Futter verdirbt sehr schnell. Die Mischung dürfen Sie höchstens einen Tag im Kühlschrank aufbewahren.

Trinkwasser

Frisches Wasser müssen die Kanarien stets vorfinden. Sie trinken viel. Bei warmem Wetter steigt der Verbrauch auf rund 15 ml pro Vogel täglich, bei Zimmertemperatur sind es immerhin rund 10 ml. Außerdem verdunstet ein Teil oder wird verschüttet. Lassen Sie Leitungswasser erst etwas abstehen, um den Chlorgehalt zu vermindern. Ist Ihr Trinkwasser stark gechlort, greifen Sie besser zu einem kohlensäurefreien Mineralwasser.

Achten Sie darauf, daß das Trinkwasser nicht mit Kot verschmutzt. Am besten bieten Sie es in Trinkautomaten oder Hamstertränken an. Wechseln Sie das Trinkwasser täglich!

Sorgfältige Pflege

Das Gefieder, Schnabel, Beine und Füße pflegen Kanarienvögel normalerweise selbst ausdauernd und zuverlässig. Ihre Aufgabe ist es dagegen, dafür zu sorgen, daß der Käfig mit allen Einrichtungsgegenständen sauber und hygienisch einwandfrei ist und es den Vögeln an nichts mangelt. Halten Sie diese Pflegemaßnahmen sehr genau ein, sonst nisten sich schnell Krankheitskeime und Parasiten ein. Am besten ist es, für das Füttern und alle Reinigungsarbeiten einen bestimmten Zeitpunkt festzulegen – dann wird so schnell nichts vergessen.

Das tägliche Bad

Kanarien sind begeisterte »Wasserratten«. Sie möchten gerne täglich baden. Für ihre Gefiederpflege ist das Bad unentbehrlich. Vögel, die nicht regelmäßig baden dürfen, zeigen schnell ein unsauberes und struppiges Federkleid. Als Planschbecken am besten geeignet ist ein Badehäuschen,

Akrobatische Verrenkungen sind nötig, damit jedes Federchen gründlich geputzt werden kann.

TIP

Reiben Sie eine Sitzstange im Käfig regelmäßig mit Melkfett ein. Dadurch werden die Füße der Vögel eingecremt und Sie beugen damit zusätzlich Fußballenerkrankungen vor.

Wenn die Badeschale groß genug ist, macht das Baden zu zweit riesigen Spaß.

das außen in die offene Käfigtür eingehängt werden kann. Da es bis auf eine Seite ringsherum geschlossen ist, verspritzt beim Bad nicht so viel Wasser in der Umgebung des Käfigs. Außerdem fällt weniger Kot und Dreck herein. Bei Volieren kann so ein Badehäuschen auch einfach auf den Boden gestellt werden. Gut geeignet sind hier auch schöne große Badehäuser für Papageien. Eine Alternative für größere Käfige und Volieren ist eine flache, etwa 5 cm hohe Schale, wie beispielsweise ein Blumenuntersetzer aus Ton.

Das Bad wird ca. drei cm hoch mit kaltem bis lauwarmem Wasser gefüllt. Bitte achten Sie darauf, daß das Wasser auch zum Trinken geeignet ist. Geben Sie keinerlei Zusätze ins Badewas-

ser! Die Vögel nehmen erst einen Schluck vom Badewasser, bevor sie eintauchen.

Bei Kanarien, die täglich längeren Freiflug genießen, kann das Planschbecken natürlich auch außerhalb des Käfigs stehen und so als lockendes »Ausflugsziel« dienen.

Manche Vögel bevorzugen eine regelmäßige Dusche aus der Blumensprühflasche, statt eines »Ganzkörperbades«. Probieren Sie ruhig einmal aus, was Ihre Vögel von solch einem lauwarmen Nieselregen halten. Bitte immer frisches Wasser verwenden!

Hinweis: Falls Ihre Vögel ihre »Badewanne« nicht annehmen, legen Sie ein Salatblatt oder anderes Grünzeug hinein. Meist verlieren die Kanarien dann die Scheu vor dem unbekannten Gefäß.

Käfighygiene

Eine saubere Umgebung, gleich ob Käfig oder Voliere, ist die beste Krankheitsvorsorge. Bitte reinigen Sie ohne chemische Spül- oder Putzmittel. Die Vögel könnten sich an Resten der Putzmittel vergiften. Heißes Wasser, Bürste und Scheuerschwamm genügen. Verwenden Sie bitte auch keine Desinfektionsmit-

2

Pflegeplan – Was wann zu machen ist

täglich	ein- bis zweimal wöchentlich	monatlich	alle 3 bis 6 Monate
• Alle Näpfchen und Wasserspender aus dem Käfig nehmen, ausleeren, warm auswaschen, abtrocknen und neu füllen. Bei Futterautomaten Kontrolle: Ist noch genug drin? Leere Spelzen entfernen. Verwelkte Grünfutterbündel/Zweige entfernen und durch frische ersetzen. Kolbenhirse im Käfig lassen, bis sie ganz aufgefressen ist. • Sitzstangen, Äste und Gitterstäbe mit harter Bürste von Kot befreien und abwischen. • Mit einem Löffel oder kleinen Schippchen Kot und Futterreste aus dem Sand entfernen, evtl. etwas frischen Sand nachstreuen. • Badewanne säubern und mit frischem Wasser füllen. • Vögel beobachten – sind sie munter? • Kontrolle: nirgendwo Futterreste? • Bei Zuchtpaaren: ausreichend Nistmaterial vorhanden? Sind schon Eier da? • Umgebung des Käfigs säubern.	(Je nach Käfiggröße und Zahl der Vögel) • Alle Einrichtungsgegenstände (Näpfe, Futter- und Wasserautomaten, Sitzstangen, Äste, Badewanne) und Käfig selbst sehr gründlich säubern. • Kontrollieren: Ist noch genug Grit, ein Schnabelwetzstein und/oder eine Sepiaschale da? • Einen Hirsekolben befestigen • Sandschuber ausleeren und heiß auswaschen. Neuen Sand hineinstreuen. In Volieren Bereiche verschmutzer Erde/Sand/Einstreu austauschen, Naturboden durchharken. Steine abwaschen. Sträucher mit Wasserstrahl absprühen.	• Naturäste austauschen. • Käfig nach Möglichkeit in Badewanne heiß abbrausen und gründlich bürsten. • Käfig oder Voliere auf schadhafte Stellen nachsehen. • Käfig oder Voliere, alle Ritzen und Nester auf Milben kontrollieren. • Falls nötig, den Vögeln die Krallen schneiden (→ Seite 70). Dabei auf Parasiten untersuchen. • Vogelbaum gründlich abbürsten und waschen, im Topf obere Sandschicht auswechseln.	• Vogelkot auf Parasiten untersuchen lassen. • In Außenvolieren Boden spatentief umgraben, oberen Teil der Erdschicht erneuern oder Erdschicht völlig austauschen.

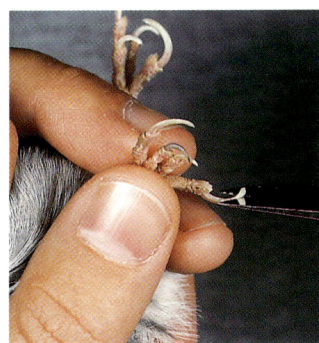

Wenn die Krallen zu lang werden und sich bereits drehen, müssen sie gekürzt werden.

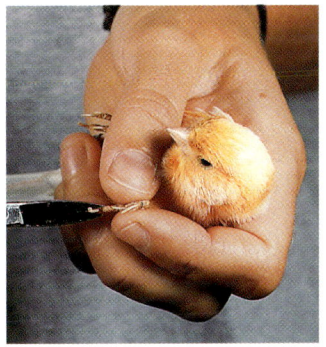

Den Vogel vorsichtig in die Hand nehmen und die Spitze mit einer Nagelschere kürzen.

Mit Hilfe ihrer beweglichen Krallen halten sich die Kanarien fest.

tel. Sie stören damit nur das natürliche Gleichgewicht und schaden mehr als sie nutzen. Nur wenn Krankheiten aufgetreten sind, sollte in Absprache mit dem Tierarzt ein spezielles Mittel, z. B. zur Beseitigung von Parasiten oder bestimmten Krankheitskeimen – streng nach Vorschrift – verwendet werden. Wenn Sie über ein Dampfreinigungsgerät verfügen, können Sie natürlich auch damit – garantiert ungiftig – Keime abtöten.

Körperpflege

Sein Gefieder pflegt ein Kanarienvogel mit großer Sorgfalt selbst. Vorsichtig glättet, entstaubt und fettet er die Federn mit dem Sekret der Bürzeldrüse. Ein gesunder Kana-

rienvogel hat immer ein sauberes, geschlossenes und glattes Federkleid (mit Ausnahme der Locken bei einigen Gestaltkanarien). Bei der Mauser müssen die Vögel nach und nach die Federn austauschen, da sie sich abgenutzt haben und beschädigt sein können (→ Seite 70).
Den Schnabel reibt ein Kanarienvogel beidseitig häufig an Ästen und Steinen ab und säubert ihn dabei. Normalerweise ist der Schnabel geschlossen, fest und glatt. In seltenen Fällen kann eine Hälfte in die Länge wachsen und behindert auch beim Fressen. Stellen Sie den Vogel

dann bitte umgehend dem Tierarzt vor.

<u>Die Krallen</u> nutzen sich an verschieden dicken Naturholzästen normalerweise ausreichend ab. Sollten sie trotzdem zu lang werden oder sich drehen, müssen sie unbedingt geschnitten werden. Denn der Vogel könnte irgendwo hängen bleiben und sich verletzen oder nicht mehr richtig laufen und sitzen.

Die Krallen werden mit einer speziellen feinen Krallenzange oder einer Nagelschere gekürzt. Dabei müssen Sie unbedingt auf die richtige Haltung des Vogels in der Hand und auf die korrekte Schnittführung in Richtung des Hornwachstums achten, um Verletzungen vorzubeugen. (→ Fotos, Seite 69).

Hinweis: Krallen nicht zu weit abschneiden, sonst verletzen Sie Blutgefäße und tun dem Vogel weh. Die Blutungen können lebensgefährlich sein und müssen sofort mit Eisenchlorid (→ Seite 78) gestillt werden.

Bitte drücken Sie beim Halten des Vogels in der Hand nicht zu fest zu! Wenn Sie den Brustkorb zusammenpressen, könnte ein Atemstillstand die Folge sein.

An Naturholzästen wetzen Kanarienvögel gern ihren Schnabel. Dabei wird der Schnabel von Schmutz und Futterresten gesäubert.

Falls Sie unsicher sind, gehen Sie besser zum Tierarzt.

Der Streß der Mauser

Die Mauser ist keine Krankheit, sondern ein ganz natürlicher Vorgang im Leben eines Vogels.

Auch auf einem Bein können die kleinen Sänger sicher balancieren.

Wo der Schnabel zum Putzen nicht hinkommt, helfen die Krallen.

Kanarien können den Kopf fast bis auf den Rücken drehen und so auch diese Körperpartie gründlich pflegen.

Allerdings stellt die Mauser hohe Ansprüche an den kleinen Organismus. Und wenn die Vögel durch die vorhergehende Brutzeit schon geschwächt sind, gibt es in der Mauser manchmal Probleme. Zur Mauserzeit singen die Kanarien nicht.

Die alten und meist schon beschädigten Federn werden durch neu nachwachsende Federn ersetzt.

Die Kanarien mausern im Spätsommer nach der Brutzeit.

Während die Jungvögel in der sogenannten »Jugendmauser« nur das Kleingefieder ohne die Flügel- und Schwanzfedern austauschen, bekommen die älteren ein völlig neues Kleid. Das dauert im allgemeinen 6 bis 8 Wochen.

Vor und während der Mauser benötigen die Vögel eine ganz besonders hochwertige Kost: neben der Körnernahrung viel frisches Grün, Keimfutter und bestes Weichfutter, Zusätze von Vitaminen und Mineralien (→ Abwechslungsreiche Ernährung, Seite 58 bis 65). Dann überstehen die meisten Kanarien die Mauser ohne Schwierigkeiten.

Rote Farbkanarien können bei der Mauser ihre kräftig rote Färbung verlieren, wenn sie nicht schon vor und während dieser Zeit sehr viel Grünpflanzen und andere Carotinoide (→ Verblaßte Gefiederfarben, Seite 117) erhalten haben.

Wichtig ist außerdem, den Kanarien während der Mauser viel Platz und immer eine Badegelegenheit zu geben. Wenn sie sich langweilen, könnten sonst die Jungvögel auf dumme Gedanken kommen und anfangen, sich gegenseitig die Federn auszurupfen.

Hinweis: Mauserpräparate sind einer Untersuchung an der Tierärztlichen Hochschule Hannover zufolge nicht sinnvoll. Die meisten getesteten Präparate enthielten andere Inhaltsstoffe als angegeben oder die Angaben zu den Inhaltsstoffen fehlten ganz. Auch Dosierungsrichtlinien fehlten oft oder waren sehr ungenau.

2

Gesundheitsvorsorge und Krankheiten

Kanarienvögel sind von Natur aus robuste Pfleglinge. Wenn sie richtig und sauber gehalten werden, viel fliegen dürfen und abwechslungsreiche Ernährung mit Grünfutter bekommen, dann ist das die beste Voraussetzung für eine lange Gesundheit.

Vorbeugen ist besser als heilen

Optimale Haltung und vielseitige Ernährung (→ Seite 58) vorausgesetzt, sollten Sie außerdem folgendes beachten:

■ Sorgen Sie dafür, daß Ihre Vögel ausreichend Vitamin A erhalten. Vitamin-A-Mangel ist ein Grund für Infektionsanfälligkeit und gehört zu den häufigsten Problemen.

■ Vermeiden Sie Zugluft, pralle Sonne und abrupte Temperaturunterschiede, außerdem verrauchte und schlechte Luft. Bei schönem Wetter sollten Sie den Käfig mit den Vögeln an einen geschützten Platz ins Freie stellen.

■ Selbst gesammeltes Grünfutter darf nicht mit Vogelkot verschmutzt sein und von Straßenrändern oder von Stellen, wo Pflanzenschutzmittel verwendet wurden, stammen.

■ Falls Sie einen neuen Vogel zukaufen, sollten Sie ihn erst für vier Wochen in Quarantäne setzen, daß heißt, in einen separaten Käfig, und nicht in der Nähe der anderen Vögel versorgen. Erst wenn in dieser Zeit keinerlei Anzeichen für eine Krankheit aufgetreten sind, darf er zu den anderen.

■ Kotuntersuchungen alle drei bis sechs Monate beim Tierarzt, geben frühzeitig Hinweis auf einen Befall mit inneren Parasiten wie Würmern und Coccidien.

■ Impfungen gegen Kanarienpocken bieten einen guten Schutz vor Erkrankung und sind bei größeren Vogelbeständen und Freivolieren dringend anzuraten.

Krankheiten erkennen

Obwohl Sie sich alle Mühe bei der Pflege gegeben haben, kann es passieren, daß ein Vogel krank wird.

Dies so früh wie möglich zu erkennen und zu handeln ist wichtig. Denn so ein kleiner Vogel hat nicht viele Energiereserven.

Zudem sind Vögel Meister im Verbergen von Krankheitsanzeichen. Scheinbar gesund, können sie doch schon schwer erkrankt sein (→ Tabelle, Seite 73/74).

Grünfutter ist ein wichtiger Beitrag zur gesunden Ernährung Ihres Kanaris.

Die häufigsten Krankheiten auf einen Blick

Das fällt auf	Mögliche Ursachen und was Sie selbst tun können
Kanari mausert länger als 1 bis 2 Monate, Gefieder glanzlos und brüchig, kahle Stellen.	Mangel an Vitaminen, Mineralstoffen und Aminosäuren durch falsche, einseitige Ernährung. Zu wenig Bewegung. Gutes Weichfutter anbieten, vermischt mit zusätzlichen Vitaminen und Mineralien; viel Grünfutter und Möhren. Täglich Freiflug!
Ständiges Putzen und Suchen im Gefieder, nächtliche Unruhe.	Rote Vogelmilbe, Nordische Vogelmilbe, Federmilben, Federspulmilben, Federlinge, Läuse und Lausfliegen. Käfig gründlich reinigen, ebenso die Umgebung. Einstreu, Nistmaterial, Sitzäste erneuern. Vögel und Umgebung 3 Wochen lang z. B. mit Exner Petguard einsprühen. Zusätzlich Vitamine und Mineralien geben.
Dünnflüssiger Kot, Durchfall, Kloake verschmiert.	Aufregung, Streß, Temperaturstürze, zuviel Grünfutter, verdorbenes Futter, Infektion. Futter kontrollieren. Kamillen- oder Eichenrindentee zu trinken geben . Geschälten Hafer füttern. Infrarotbestrahlung (→ Seite 77).
Frißt nicht.	Ungeeignetes/verdorbenes Futter, Infektion, innere Erkrankung. Anderes Futter anbieten, z.B. Leckerbissen wie Vogelmiere, Löwenzahn, Kolbenhirse. Für genügend Wärme sorgen.
Atemnot, Vogel atmet mit geöffnetem Schnabel.	Schnupfen, verstopfte Nasenlöcher. Sorgen Sie für Wärme (Infrarotlampe), hohe Luftfeuchtigkeit, Vitaminzusatz. Entfernen Sie Verklebungen der Nasenlöcher vorsichtig mit physiologischer Kochsalzlösung oder Euphorbium Nasenspray.
Schläft tagsüber, aufgeplustert, teilnahmslos.	Fast immer Anzeichen für schwere Erkrankung. Bestrahlung mit Infrarotlampe als erste Hilfe (→ Seite 77). Futter kontrollieren.

Sofort zum Tierarzt, wenn diese Symptome hinzukommen!	Mögliche Diagnose
Appetitlosigkeit, dicker Bauch, Durchfall, sitzt aufgeplustert.	Stockmauser, Mangelsituation; Lebererkrankung, fettige Leberdegeneration.
Störung des Allgemeinbefindens, Apathie, Blutarmut (blasse Haut), Unruhe wird nicht besser.	Parasitenbefall, Anämie.
Vogel sitzt aufgeplustert, trinkt und frißt nicht. Durchfall wässrig oder dauert länger als einen Tag.	Innere Parasiten wie Würmer oder Coccidien, Leber- oder Nierenerkrankung, Magen-Darm-Entzündung, Salmonellose, Ornithose, Newcastle-Disease, Pseudotuberkulose, Vergiftung.
Vogel ist apathisch, aufgeplustert, Durchfall, Erbrechen, Augen verklebt, Nasenausfluß, großer Durst	Entzündungen der Schnabelhöhle, Leberschädigung, Magen-Darm-Entzündung, Nierentzündung, Fremdkörper, Newcastle-Disease, Kanarienpocken, Vergiftung.
Aufgesperrter Schnabel, japt nach Luft, streckt den Hals, angestrengtes Atmen, rasselndes Atemgeräusch, erbricht Schleim, sitzt aufgeplustert.	Gefährliche Infektion mit Viren, Bakterien, Pilzen, z.B. Ornithose, Kanarienpocken, Diphterie, Newcastle-Disease, Aspergillose, Luftsackentzündung, Luftröhrenwürmer, Fremdkörper, Herzerkrankung, Blutmangel.
Tritt nicht innerhalb kurzer Zeit eine deutliche Besserung ein, den Vogel sofort zum Tierarzt bringen.	Schwere Infektionserkrankung oder innere Erkrankung. Parasiten. Mangelerkrankung, Legenot, Bürzeldrüsenentzündung.

Der Ernährungszustand gibt wichtige Aufschlüsse über die Gesundheit. Tastet man die Brust des Vogels ab, so muß die Muskulatur fest und rund sein. Der Brustbeinkamm darf nicht scharf hervorspringen.

Allerdings darf man einen Kanari nicht zu häufig in die Hand nehmen, um ihn abzutasten, denn dies bedeutet Streß für ihn. Umso wichtiger ist es, das Tier genau zu beobachten:

■ Verhält sich der Vogel plötzlich anders als sonst?
■ Frißt er schlecht?
■ Ist das Federkleid gesträubt oder hat es kahle Stellen?
■ Sitzt der Vogel tagsüber aufgeplustert da und nicht nur auf einem Bein wie im Schlaf?
■ Hält er die Augen tagsüber leicht geschlossen? Sind die Augen trüb oder verklebt?
■ Hat der Vogel den Kopf tagsüber öfter untergesteckt?
■ Ist der Kot dünnflüssig?
■ Ist der Schnabel verändert?
■ Hat er Nasenausfluß? Sind die Nasenlöcher verklebt?
■ Sind die Beine schuppig oder mit Auflagerungen?

Streit um eine Knabberstange. Jeder möchte den besten Platz am begehrten Leckerbissen haben.

TIP

Kanaris verbergen Krankheitsanzeichen meisterhaft. Dieses Verhalten ist eine natürliche Verteidigungsstrategie. Würde nämlich ein Vogel in der Natur seine Schwäche zu erkennen geben, wäre er sofort Opfer eines Beutegreifers. Beobachten Sie deshalb Ihren Vogel genau.

Löwenzahn enthält 10 bis 30 mal mehr Mineralien als Kopfsalat und Gurken.

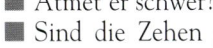

■ Atmet er schwer?
■ Sind die Zehen geschwollen, rot oder schwarz?
■ Kann der Kanari nicht richtig auf der Stange sitzen?
■ Hängt ein Flügel oder hält er ein Bein in ungewöhnlicher Stellung?
■ Gibt es am Körper Pusteln oder Verdickungen?
■ Ist er unruhig und preßt anhaltend?
■ Sehen Sie irgendwo Blut? Wenn Sie eine dieser Fragen mit »ja« beantworten, ist Ihr Vogel mit Sicherheit krank.

Erste Hilfe

Als erstes sollten Sie den Kranken einzeln in einen Käfig setzen. Sehr gut geeignet sind für solche Fälle die nur auf einer Seite mit Gitter versehenen Kistenkäfige oder Sie bauen sich eine entprechende Konstruktion aus Karton (→ Zeichnung, Seite 80). Hier findet der Vogel Ruhe und Geborgenheit. Kommt der Patient nicht freiwillig auf Ihre Hand, können Sie ihn am besten ganz ruhig einfangen, wenn Sie den Raum abdunkeln und nur noch ein blaues oder rotes Licht brennen lassen. Denn dann kann der Vogel nicht mehr genug sehen. Greifen Sie ihn vorsichtig von hinten. Ist der Raum nicht abzudunkeln, versuchen Sie, den Kanari rasch mit einem Tuch zu erwischen, das Sie über ihn werfen. Wichtig ist, daß Sie ihn nicht lange jagen und nicht zu fest auf den Brustkorb drücken. Sorgen Sie für Ruhe.

Wirkt der Vogel aufgeplustert, verschnupft oder preßt er, tut ihm Wärme gut. Stellen Sie einen Infrarot-Dunkelstrahler (150 bis 250 Watt) im Abstand von 30 bis 40 cm vom Käfig auf (→ Zeichnung, Seite 80). Ein Teil des Käfigs darf nicht bestrahlt werden, damit der Vogel sich an einen kühleren Ort zurückziehen kann, wenn er möchte. Die Temperatur sollte 35 bis 40 °C im Strahlenkegel nicht überschreiten. Wenn es dem Patienten besser geht, reduzieren Sie die Temperatur allmählich, indem Sie den Abstand zwischen Lampe und Käfig vergrößern. Haben Sie keinen Infrarotstrahler zur Hand, können Sie dem Kranken auch mit einem Heizkissen oder einer Wärmeflasche, auf den

Käfigboden unter den Sand gelegt, die nötige Wärme geben (→ Zeichnung, Seite 81). Sorgen Sie gleichzeitig für eine hohe Luftfeuchtigkeit, indem Sie ein feuchtes Tuch an oder über den Käfig hängen.

Blutungen versuchen Sie sofort mit Eisenchlorid oder Wasserstoffsuperoxid zu stillen. Kleine Vögel verbluten sehr schnell. In den meisten Fällen sollten Sie aber möglichst rasch einen guten Tierarzt zu Rate ziehen.

Der Kanarienvogel muß zum Tierarzt

Am besten suchen Sie sich schon bevor der Notfall eintritt einen Tierarzt, der sich auf die Behandlung von Vögeln versteht.

Der Transport:

■ Bringen Sie den Vogel möglichst in seinem eigenen Käfig (es sei denn, er ist zu groß) oder in einem Kistenkäfig zum Tierarzt. Der Käfig sollte vorher nicht gereinigt werden. Sie können aber auf den Sand ein weißes Papiertuch legen. Dann ist der Kot besser zu beurteilen.

■ Sind mehrere Vögel im Käfig, aber scheinbar ist nur einer krank, bringen Sie alle mit (Ausnahme Volieren).

■ Decken Sie den Käfig mit einem Tuch ab, um den Streß für den Vogel zu vermindern und um Zugluft zu vermeiden. Setzen Sie den Vogel nicht der Kälte aus.

■ Bringen Sie zur Untersuchung Proben des gesamten Futters mit und, falls möglich, zusätzlich frischen Kot.

Fragen des Tierarztes:

Um der Erkrankung auf den Grund zu gehen, wird Ihnen der Tierarzt einige Fragen stellen beispielsweise:

■ Seit wann bestehen die Krankheitsanzeichen?

■ Wie alt ist der Kanarienvogel, und seit wann haben Sie ihn?

■ Gab es Kontakt zu anderen Vögeln/ Wildvögeln?

■ Aus welcher Tierhandlung oder von welchem Züchter stammt er?

■ Was bekommt er zu trinken?

■ Darf er freifliegen?

■ Kann der Vogel Giftiges aufgenommen haben oder giftige Dämpfe eingeatmet haben? (z. B. von Teflonpfannen)

■ Brütet er oder hat er schon einmal gebrütet?

■ Waren dieser oder ein anderer Vogel schon einmal krank? An welcher Krankheit litten sie?

Die festen Konturfedern bilden die Schwung- und Schwanzfedern.

Der gelbe Kanari versucht den
weißen von der saftigen Gurkenscheibe wegzuschubsen.

Wie man Medikamente verabreicht

Ob Ihr Vogelpatient Medikamente mit dem Futter oder Wasser aufnimmt, ist nicht sicher. Denn kranke Vögel fressen oft nicht mehr genug und lehnen geschmacklich verändertes Trinkwasser ab. Die sicherste Methode ist also, Tropfen mit einer Pipette oder kleinen Plastikspritze (ohne Nadel) direkt in den Schnabel einzuflößen (→ Zeichnung, Seite 81).

Voraussetzung ist, daß Ihr Kanarienvogel vertraut mit Ihnen ist und Sie ihn in die Hand nehmen können, ohne daß er vor Schreck einem Schock erliegt. Vitamintropfen können Sie dagegen meist gut mit dem Trinkwasser geben. Vitamin-Mineralstoff-Pulver mischen Sie am besten dem Weichfutter bei.

Krankheiten, die auf den Mensch übertragbar sind

Einige Infektionskrankheiten der Vögel sind auch für den Menschen hochansteckend und gefährlich.

Deshalb müssen Vögel, die diese Symptome zeigen, isoliert und so schnell wie möglich dem Tierarzt vorgestellt werden.

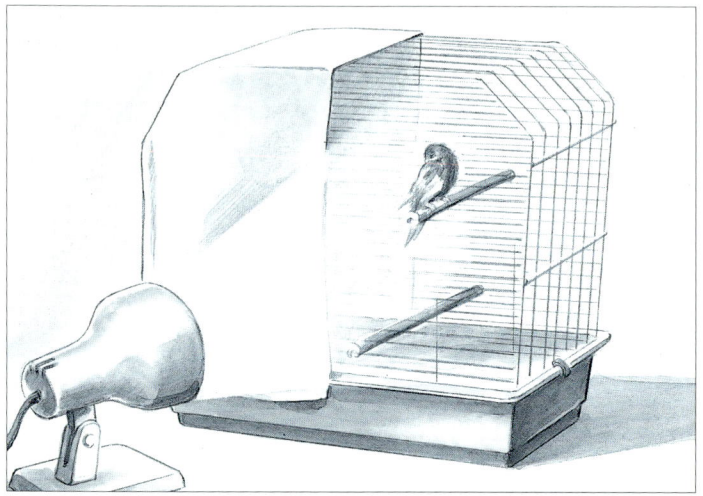

Die Wärme einer Infrarotlampe tut verschnupften Kanarien gut. Die Lampe etwa 30 bis 40 cm vor dem Käfig aufstellen (→ Seite 77).

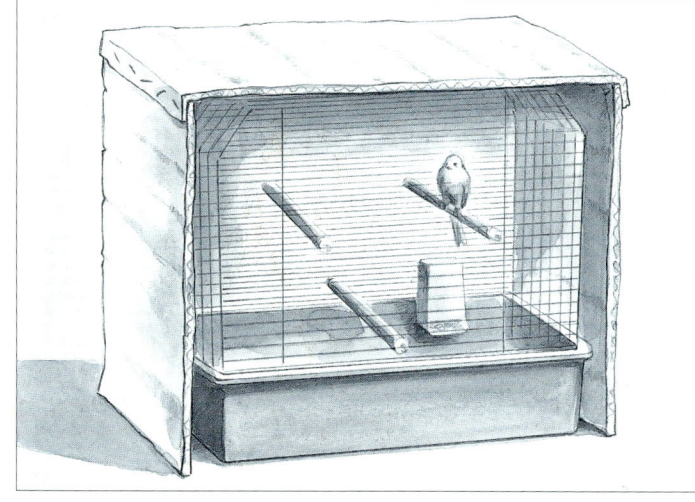

Haben Sie keinen Kistenkäfig zur Verfügung, können Sie mit einer übergestülpten Kartonhälfte für die nötige Ruhe sorgen.

Eine Wärmflasche im Sand hilft dem Vogel oft schon.

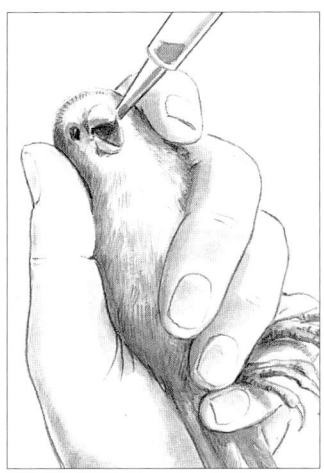

Medikamente werden am besten mit einer Plastikspritze (ohne Nadel) eingeflößt.

Ornithose, bekannter unter dem Begriff Psittakose (bei Papageien), wird durch Chlamydien verursacht und ruft beim Vogel Erkrankungen vor allem der Augen und der Atemwege hervor. Weitere Anzeichen sind Apathie, Appetitlosigkeit, Durchfall.

Die Infektion beim Menschen äußerst sich in leichten grippalen Erscheinungen bis hin zu schweren Lungenentzündungen mit hohem Fieber, heftigen Kopfschmerzen und gefährlichen Komplikationen. Heute hat die Krankheit dank strenger Gesetzgebung, umfangreicher Quarantänemaßnahmen und wirksamer Medikamente viel von ihrem Schrecken verloren.

Die Ansteckungszeit beträgt meist 1 bis 3 Wochen, in Einzelfällen bis zu 3 Monaten. Vogelbesitzer sollten bei unklaren grippalen Infekten sofort den Arzt aufsuchen und ihn auf die Vogelhaltung hinweisen.

Die Erreger werden durch Einatmen von infiziertem Staub oder durch Kontakt mit dem Kot infizierter Tiere auf den Menschen übertragen. Auch scheinbar gesunde Kanarienvögel können Ausscheider sein.

Newcastle-Disease, auch Geflügelpest genannt, wird von Paramyxoviren hervorgerufen. Anzeichen bei den Vögeln sind: Nasen- und Augenausfluß, Atemnot, eventuell Durchfall und Lähmungen. Von der für Kanarien sehr ansteckenden Seuche (meist über den Kot von Wildvögeln oder nicht erhitzten Hühnereierschalen) sind Menschen nur relativ selten betroffen. Der Mensch kann sich durch direkten Kontakt anstecken. Nach 1 bis 4 Tagen entwickelt sich eine oft schmerzhafte Bindehautentzündung, die aber meist ohne Folgen bald wieder ausheilt.

Bei den Vögeln endet die Erkrankung dagegen fast immer tödlich.

Salmonellose wird sehr selten von Kanarien auf Menschen übertragen.

Gefährdet sind vor allem Vögel in Freivolieren. Anzeichen sind: aufgeplustert sitzen, Durchfall, Atemnot, übermäßiger Durst. Viele infizierte Vögel sterben. Es gibt aber auch scheinbar gesunde Dauerausscheider.

Beim Menschen äußert sich die Krankheit in Erbrechen und Durchfall; es kann zu Komplikationen kommen.

Kanarienvögel züchten

Zu beobachten, wie ein Kanarienpärchen Nachwuchs großzieht, ist sicher eines der schönsten Erlebnisse bei der Vogelhaltung. Im Frühling, im März oder April, wenn die Tage wieder länger geworden sind, ist es soweit: Henne und Hahn feiern Hochzeit.

Die Wahl des »Richtigen«

Vielleicht haben Sie längst ein Vogelpärchen, das sich gut versteht. Falls Sie jedoch noch einen Partner für Ihren Vogel brauchen, dann sollten Sie »ihn« oder »sie« im Herbst oder spätestens bis Januar ausgesucht haben. Wichtig ist, daß die beiden miteinander harmonieren

(→ Kanarien aneinander gewöhnen, Seite 105).
Die Kanarienzucht ist eine Wissenschaft für sich. Wenn Sie gezielt auf eine besondere Farbe, Gestalt oder Gesang hin züchten wollen, lassen Sie sich am besten von einem erfahrenen Züchter beraten oder treten einem Verein bei.
Einige Regeln sind jedoch auch für Hobbyzüchter wichtig, denn sonst sterben die Embryonen noch im Ei ab (Letalfaktor) oder die Jungen sind lebensschwach, kränklich oder haben ein schlechtes Gefieder:

Der Kanarienhahn füttert sein brütendendes Weibchen.

Erst wenn die Jungen einige Tage alt sind, füttert sie der Vater direkt aus seinem Kropf.

■ Sie dürfen nie versuchen, zwei Kanarien miteinander zu verpaaren, die beide eine Haube tragen, z. B. Gloster. Einer der Partner muß einen glatten Kopf haben (Letalfaktor!).

■ Wählen Sie zu einem intensivfarbenen Vogel (A-Vogel) immer einen nichtintensiven Partner (B-Vogel).

■ Zwei dominant-weiße Kanarien dürfen Sie wegen des Letalfaktors ebenfalls nicht zusammenlassen. Ebensowenig Erfolg haben Versuche, mit einem rezessiv (verdeckt)-weißen und einem dominant-weißen Partner zu züchten.

■ Achten Sie darauf, keine Geschwister oder Eltern/Kinder miteinander zu verpaaren (Inzucht).

Was das Vogelpaar braucht

Käfig: Er sollte mindensten 80 cm breit, 60 cm hoch und 40 cm tief sein (besser 100 x 60 x 55 cm). Gut geeignet sind auch Kistenbauer (drei Seiten geschlossen). Ideal ist es, wenn alle Futternäpfe von außen bedient werden können.

Nisthilfen: Zum Nestbau werden den Kanarien ab Februar oder März Nisthilfen angeboten. Das sind halbkugelförmige Körbchen aus Peddigrohr, Draht- oder Plastikgeflecht, in die das Weibchen dann das Nest baut. Hängen Sie die Nisthilfe möglichst hoch in eine geschützte Ecke oder Seite des Käfigs. Eine gute Alternative sind sogenannte Kaisernester, die – ähnlich wie ein Badehäuschen – von außen an eine entsprechend große Käfigöffnung gehängt werden und ringsherum mit einem Schutzgitter versehen sind.

Nistmaterial: Das Körbchen kleidet das Kanarienweibchen kunstvoll mit geeignetem Nist-

material aus: Sisalfasern, Kokosfasern, trockene Grashalme, Heu, trockenes Moos, Tierhaare oder Scharpie, diese kurzen weißen Baumwollfäden (aus dem Zoofachhandel). Bieten Sie jedoch nicht nur weiches Material wie Scharpie zum Nestbau an, sonst würde das Nest auseinanderfallen.

Hinweis: Es gibt auch vorgeformte Nestunterlagen aus Sisalschnur oder grobem Filz zu kaufen. Tierhaare (z.B. vom Hund oder Schafen), sollten nicht länger als 5 cm sein,

damit sich die Vögel nicht darin verheddern oder erdrosseln können.

<u>Nahrung:</u> In den drei Wochen vor der ersten Eiablage haben die Kanarien ein deutlich erhöhtes Nahrungsbedürfnis. Sorgen Sie in dieser Zeit neben dem Körnerfutter unbedingt für ausreichend Grünzeug und Eifutter mit Zusätzen an Proteinen, Vitaminen und Mineralien. Nach der Ablage aller Eier bis zum Schlupf benötigen Hahn und Henne dagegen etwas weniger gehalt-

Das Nest ist fertig. Jetzt darf der Kanarienhahn sein Weibchen decken. Die Paarung wird zum Balanceakt.

Da Kanarien in einem offenen Nest brüten, können Sie die Entwicklung der Kleinen genau verfolgen.

volle Kost. Zuviel Eifutter würde jetzt schaden. Sobald die Jungen geschlüpft sind, steigt der Bedarf der Eltern an hochwertiger und proteinhaltiger Nahrung stark an.

Balz und Hochzeit

Sobald die Brutzeit beginnt, wirbt das Männchen mit ausdauerndem Gesang um das Weibchen. Die Henne nimmt ein Federchen oder einen Grashalm in den Schnabel und flattert aufgeregt umher. Vielleicht läßt sie zarte oder auch deutliche Lockrufe hören. Manchmal verwöhnt er seine Angebetete auch mit Nahrung und sie läßt sich gerne von ihm füttern.

Dann ist es soweit: Das Weibchen ist paarungsbereit und fordert das Männchen zur Begattung auf. Mit zitternden Flügeln duckt es sich und hebt dabei den Schwanz etwas hoch. Der Hahn befliegt sein Weibchen, bemüht sich, im Rückengefieder Halt zu finden, balanciert mit kräftigen Flügelschlägen und preßt seine vorge-

85

stülpte Kloake, den »Zapfen« auf die Kloake des Weibchens. Die Spermien gelangen so in die Eileiter des Weibchens. Kurz nach der Begattung lassen beide Partner zarte Zwitschertöne hören. Meist »tritt« der Hahn seine Henne mehrmals. Die Vögel haben schon vorher die angebotenen Nistplätze begutachtet.

Jetzt beginnt das Weibchen mit dem Nestbau. Manchmal hilft das Männchen, indem es Material herbeischafft. Aber Baumeister ist alleine das Weibchen. Zur Unterstützung singt er aus voller Kehle.

Die ersten Eier

Zwei Tage, nachdem das weiche Polster innen fertig ist, (und 5 bis 10 Tage nach dem Liebesspiel) sieht man eine deutliche Schwellung am Unterleib des Weibchens. Am nächsten Morgen liegt ein hellblaues, zart gesprenkeltes Ei im Nest. In den folgenden Tagen kommt jeweils morgens ein weiteres Ei hinzu. Mit 4 bis 6 Eiern ist das Gelege vollständig.

In der Natur beginnt die Kanarienhenne erst jetzt mit der Brut. Bei den domestizierten Kanarien bleibt die Henne jedoch meist schon vom er-

sten Ei an auf dem Gelege sitzen. Das hat den Nachteil, daß die Küken aus den zuerst gelegten Eiern früher schlüpfen und sich schneller entwickeln als die späteren. Deshalb nehmen erfahrene Züchter mittags die frisch gelegten Eier vorsichtig heraus und ersetzen sie jeweils durch ein Kunstei aus Gips oder Kunststoff (im Zoofachhandel erhältlich). Erst wenn das vierte Ei gelegt ist, werden die Kunsteier wieder aus dem Nest genommen und gegen die richtigen ausgetauscht. So werden alle Jungen gleichzeitig ausgebrütet und erhalten die gleichen Startchancen.

Hinweis: Das echte Ei am besten mit einem kleinen

Mit vier, höchstens sechs Eiern ist das Gelege der Kanarien vollständig.

T I P

Ob die Eier befruchtet sind, können Sie vier Tage nach Brutbeginn sehen. Dazu ein Ei vorsichtig zwischen Daumen und Zeigefinger nehmen und z.B. vor eine Taschenlampe halten. Der Embryo ist als dunkler Fleck erkennbar, mit feinen roten Adern. Sind alle Eier unbefruchtet, das Weibchen trotzdem brüten lassen, um es nicht aus seinem biolgischen Rhythmus zu reißen.

Diese Kanarienkinder sind 7 Tage alt und nur leicht mit Dunenfedern bedeckt. In der ersten Zeit hält die Mutter das Nestinnere sauber. Die Kotballen der Kinder entfernt sie sofort aus dem Nest.

Mit zwei Wochen entwickelt sich bei den Küken der Fluchttrieb. Wenn sie sich erschrecken, springen sie panikartig aus dem Nest.

Plastiklöffel behutsam aus dem Nest heben. Legen Sie die Eier in einen offenen Hühnereierkarton, dessen Vertiefungen mit Watte ausgefüllt sind. Die Schachtel muß vor Stößen, Hitze und Frost geschützt werden. Wenn das Gelege vollständig ist, erhält das Weibchen seine echten Eier ebenso vorsichtig zurück.

Brutzeit

Das Weibchen brütet allein und wird dabei nicht vom Männchen abgelöst. Seine Aufgabe ist es, das Weibchen mit Nahrung aus seinem Kropf zu füttern. Zwischendurch singt er ihr fleißig vor.

Das Weibchen verläßt nur morgens und abends kurz das Gelege, um zu trinken und Kot abzusetzen. In nur 13 bis 14 Tagen sind die Eier ausgebrütet. Waren alle befruchtet, kommt jetzt der große Moment: Mit dem Eizahn, einer kleinen Erhebung auf dem Oberschnabel, klopft das Junge ein kleines Loch in die Eischale und erweitert es nach und nach. Dann sprengt es die Schale auseinander. Bald liegen alle Jungen fast nackt, nur mit ein paar Dunenfedern bedeckt, im Nest. Die Augen sind noch geschlossen.

Entwicklung der Küken

Die Mutter wärmt die Vogelkinder und füttert sie. Dabei
verläßt sie das Nest in den
ersten Tagen noch kaum. Der
Vogelpapa muß nun die Nahrung für alle herbeitragen: Er
füttert die Vogelmutter und
sie stopft mit dem dop-
pelt vorverdauten
Nahrungsbrei die
hungrigen
Schnäbel

**Drehen und Strecken gehört
zur täglichen Gymnastik.**

der Kleinen.
Die Jungen wachsen
sehr schnell und schon nach
einer Woche sieht man Fe-
derkiele. Die Augen haben
sich inzwischen auch geöffnet.
Bereits mit 12 Tagen sind die
Jungen fast vollständig befiedert.

Das Nesthockerdasein der
Jungen dauert insgesamt etwa
16 Tage. Dann flattert das
Stärkste zuerst aus dem Nest
auf den Käfigboden, die Geschwister folgen bald nach.

Hinweis: Bei Kanarien gibt es
keine Fußringpflicht. Doch
alle organisierten Züchter beringen ihre Vögel als Zucht-
nachweis. Ringe müssen bei
einer Zuchtorganisation
beantragt werden. Wenn Sie
Ihren Kanariennachwuchs beringen möchten, muß dies im
Alter von etwa einer Woche
geschehen. Später läßt sich
der Ring nicht mehr anle-
gen. Lassen Sie sich das
Beringen vom Züchter
zeigen.

Flügge geworden

Die nun schon großen Kinder
werden noch von den Eltern
gefüttert, sollen aber langsam auch lernen,
selbstän-

Müssen sich Kanarien waschen?

Hast du deine Kanarien schon einmal dabei beobachtet, wie sie sich täglich putzen? Sie machen richtig akrobatische Verrenkungen, um jedes Federchen mit dem Schnabel zu säubern. Damit das Federkleid wasserabstoßend bleibt, reiben Vögel die Federn mit Fett ein. Das nehmen sie mit dem Schnabel aus ihrer Bürzeldrüse am Schwanzansatz. An Stellen, die sie mit dem Schnabel nicht erreichen können, wie Kopf und Nacken, kratzen sie sich mit den Zehen. Am liebsten baden sie täglich ausgiebig. Sorge dafür, daß sie immer ein Planschbecken mit frischem Wasser zur Verfügung haben. Anschließend schütteln und plustern sich deine Kanarienvögel tüchtig.

Viele Stunden des Tages widmet ein Kanari der ausgiebigen Gefiederpflege.

dig zu fressen. Deshalb wird geeignetes Futter am besten in einer Schale auf dem Käfigboden serviert. Die Schnäbel sind jedoch noch weich und zart. Damit sind die Vogelkinder noch nicht in der Lage, die harten Körner zu enthülsen. Sie brauchen weiterhin Aufzuchtfutter mit Zusätzen von Proteinen, Calcium und anderen Mineralien (→ Seite 64), unter das nach und nach gebrochene Körnern gemischt werden. Die erhalten Sie, in-

dem Sie Körner auf ein ausgebreitetes Tuch streuen und dann mit einem Nudelholz oder einer Flasche darüberrollen, wobei sie gequetscht werden. Zusätzlich sollten die Jungvögel Keimfutter (→ Seite 59), Grünfutter und möglichst halbreife Sämereien, Obst und Gemüse (→ Seite 60) bekommen. Frisches Trinkwasser nicht vergessen.

Hinweis: Von zu viel Grünfutter können die Jungen Durchfall bekommen.

Im Alter von 30 Tagen sind die Jungen völlig selbständig geworden. Sie können nun von den Eltern getrennt werden und sollten viel Möglichkeit zum Fliegen haben.

Im Alter von sechs Wochen kommen die Vogelkinder in die sogenannte Jugendmauser. Dabei werden die kleinen Konturfedern gewechselt, jedoch nicht das große Schwanz- und Flügelgefieder.

Eine zweite Brut

Kurz nachdem die Kinder flügge geworden sind, will die Mutter erneut brüten und ein neues Nest bauen. Möchten Sie keinen weiteren Vogelnachwuchs, nehmen Sie alle Nistmaterialien und Nestunterlagen aus dem Käfig.

Verstehen lernen und beschäftigen

Kanarienvögel leben zwar schon seit mehreren hundert Jahren in der Obhut des Menschen, aber trotzdem haben sie sich viele Verhaltensweisen der wilden Verwandten erhalten. Wer die kleinen Sänger genau beobachtet, kann sie besser verstehen und wird viel Freude an ihnen haben.

3

Was Kanarienvögel alles können

In der langen Zeit ihres Zusammenlebens sind die Kanarien zu Partnern des Menschen geworden. Wie kein anderer Vogel lassen Kanarienvögel den aufmerksam beobachtenden Menschen an ihrem Leben teilhaben. Und trotzdem ist ihr Verhalten ganz und gar »vogelig«. Es ist gut, ein wenig mehr über ihre Natur zu wissen.

Die Sinne

Sehen: Kanarienvögel orientieren sich vor allem mit Hilfe ihrer verhältnismäßig großen Augen. Da die Augen seitlich am Kopf liegen, können Kanarien einen Bereich von rund 300° überblicken. Sie sehen, was vor ihnen, seitlich und schräg hinter ihnen passiert. Dabei können die Augen unabhängig voneinander in verschiedene Richtungen bewegt werden und nehmen getrennte Bilder wahr. Und Vögel sehen auch farbig. Nicht umsonst locken viele mit einem prachtvollen farbigen Federkleid den Partner. Aber im Dunkeln können Kanarien nichts mehr erkennen. Deshalb ist es wichtig, daß sie spätestens in der Dämmerung ihren Sitzplatz oder das Nest gefunden haben.

Hören: Das Gehör der Kanarien ist ebenfalls gut ausgeprägt. Sie sind in der Lage, Tonfolgen zu unterscheiden, im Gedächtnis zu speichern und wiederzugeben. Deshalb können sie lernen, besonders schön zu singen, andere Vögel nachzuahmen, aber auch fremde Geräusche in ihren Gesang aufzunehmen.

Gleichgewichtssinn: Sehr empfindlich ist auch das Gleichgewichtsorgan mit Sitz im Innenohr. Ohne Probleme gelingt es den Kanarien selbst auf ganz dünnen schwingenden Zweigen und in der Luft die Balance zu halten.

Riechen: Der Geruchssinn ist bei Vögeln dagegen relativ schwach entwickelt im Vergleich zu Hunden.

Schmecken: Auch die Geschmacksknospen sind bei Vögeln nur spärlich ausgebildet. Sie suchen ihre Nahrung offenbar in erster Linie über die Augen aus. Ob sie wirklich geeignet ist, darüber entscheiden Tastkörperchen an den Schnabelrändern. Das heißt aber nicht, daß Kanarien nicht schmecken könnten. Sie lieben z. B. Süßes. Und es ist immer wieder festzustellen, daß nicht alle Kanarien den gleichen Geschmack haben.

Aus der Bürzeldrüse wird das Sekret zum Einfetten der Federn entnommen.

Wie Kanarien fliegen

Kanarienvögel sind für die schnelle Fortbewegung in der Luft geschaffen. Alles an ihnen ist auf das Fliegen ausgerichtet: der Körperbau, die Organe, das Federkleid.

Das Skelett ist sehr leicht und trotzdem stabil. Viele Knochen sind innen hohl; Ausstülpungen der Luftsäcke ragen hinein. Man spricht deshalb von »pneumatisierten Knochen«.

<u>Die Flugmuskulatur</u> mit einem sehr aktiven Stoffwechsel gilt als effizienteste Skelettmuskulatur aller Wirbeltiere. Allerdings verbrennt der Kanarienvogel im Fliegen auch etwa 15mal soviel Energie wie im Ruhezustand.

<u>Die Lungen</u> selbst sind erheblich kleiner als bei gleich großen Säugetieren aber etwa 10mal leistungsfähiger. Auch in größeren Höhen können Vögel noch genügend Sauerstoff aufnehmen.

Direkt oder indirekt mit den Bronchien verbunden sind mehrere Luftsäcke, die weit in den Bauchraum, zwischen die großen Flugmuskeln und das Skelett hineinragen. Der Vogel atmet durch Heben und Senken des Brustbeins.

<u>Die Luftsäcke</u> haben dabei die Funktion eines Blasebalges. Sie dienen aber auch als Luftreservoir und helfen beim Druckausgleich. Außerdem sorgen sie für Kühlung, damit sich die Hochleistungsmuskeln beim Flug nicht überhitzen. Und schließlich verringert der Vogel sein spezifisches Gewicht, wenn er die Luftsäcke aufbläst. Sie nehmen dann bis zu einem Fünftel des Körpervolumens ein.

<u>Die Federn</u> geben den Kanarien die aerodynamisch günsti-

Wildkräuter und Gräser werden gebündelt und mit einer Klammer am Käfiggitter befestigt oder in ein Glas gestellt.

Warum fallen Kanarienvögel beim Schlafen nicht vom Ast?

Beim Schlafen sitzen Kanarien meist nur mit einem Bein auf dem Ast. Das andere Bein wird ins Gefieder eingezogen. Das Gefieder ist dick aufgeplustert. So hält der Vogel seinen Körper warm. Sein Köpfchen hat er auf den Rücken gedreht, der Schnabel ist im Gefieder verborgen. Erstaunlicherweise fällt ein Kanari auch im tiefsten Schlaf und einbeinig nie vom Ast. Dafür sorgt ein Mechanismus von Muskeln und Sehnen an den Füßen. Wenn der Kanari sich auf einem Ast niederläßt, klammern sich seine Zehen automatisch an dem Ast fest. Der Vogel ist sozusagen »festgeklinkt«.

ge Linie, bieten Schutz vor Kälte, Hitze und Nässe, formen die Flügel und ermöglichen die Steuerung beim Flug. Federn bestehen aus Keratin, einem schwefelhaltigen Protein, wie Haare, Krallen oder Hörner. Sie zeichnen sich durch eine besondere Festigkeit und zugleich hohe Elastizität aus.

Die Konturfedern formen als Körper- und Flugfedern die gesamte Körperoberfläche der Kanarien. Die größten sind die Schwungfedern an den Fitti-

chen und die Steuerfedern am Schwanz, zusammen auch als Flugfedern bezeichnet. Von den Federschäften gehen beidseitig feine, relativ steife Federäste aus, die wiederum zu beiden Seiten noch feinere Federstrahlen tragen. Wer genau hinsieht, kann erkennen, wie sich die Federstrahlen miteinander verzahnen. Dadurch entsteht eine geschlossene Fläche, die Federfahne.

Auch die Dunenfedern und Halbdunen, die dem Wärmeschutz dienen, gehören zum Federkleid. Das erste Gefieder der Küken besteht nur aus Dunen. Außerdem sitzt dicht an den Konturfedern jeweils eine dünne Fadenfeder, deren Follikel mit feinen Nervenendungen ausgestattet ist. Vermutlich arbeiten die Fadenfedern wie eine Art Antenne, mit deren Hilfe die Konturfedern optimal ausgerichtet werden.

Im Flug sind die Vögel in der Lage, ihre Flügel und die Schwung- und Steuerfedern gegenüber der anströmenden Luft so anzustellen, wie es für die jeweilige Flugsituation am besten ist. So starten sie mit Leichtigkeit und verfehlen nie den ausgesuchten Landeplatz. Für den nötigen Auftrieb, um in der Luft zu bleiben, sorgt die Form der Schwingen: Die Luft, die den Flügel umströmt, muß auf der gewölbten Oberseite einen längeren Weg zurücklegen als auf der Unterseite der Flügel. Sie fließt deshalb auf der Oberseite schneller. Nach einem physikalischen Gesetz sinkt dabei auf der Flügel-Oberseite der Druck gegenüber der Umgebungsluft, während er auf der Unterseite steigt. Der Unterdruck auf der Oberseite (=Sog) liefert etwa zwei Drittel des Auftriebes, der Überdruck unter dem Flügel erzeugt ein Drittel Auftrieb. Besser als bei jedem Flugzeug können die Vögel durch die Stellung der Federspitzen dabei den Widerstand verringern und einen Abriß der Luftströmung verhindern.

Wie Kanarien singen

Ihren wunderschönen Gesang bilden die Kanarien im unteren Kehlkopf, der Syrinx, wo sich die Luftröhre in die beiden Hauptbronchien gabelt. Deutlich ist zu erkennen, wie ein singendes Männchen seinen Hals reckt, tief Luft holt und aus »voller Kehle« lossingt.

Die Töne werden erzeugt, indem Membranen angespannt und in Schwingungen versetzt werden. Das geht nur beim Ausatmen. Kanarien können scheinbar ohne zwischendurch Luft zu holen, weitersingen. Das schaffen sie durch rasches, schwingendes Luftausstoßen mit einer Frequenz von etwa 25 pro Sekunde. Kanarien können sogar die beiden Membranen an ihrem Stimmorgan (Syrinx) unabhängig voneinander schwingen lassen und könnten dadurch mit sich selbst ein Duett singen.

Die Körpersprache

Nicht nur mit der Stimme, sondern auch über Gesten und Bewegungen verständigen sich die Kanarien mit ihren Artgenossen und ihrem Partner.

TIP

Kanarien drohen Artgenossen mit abgespreizten Flügeln und offenem Schnabel. Meist bleibt es bei dieser Drohgebärde. Es kann aber auch vorkommen, daß zwei Streithähne sich mit dem Schnabel attackieren. Bei Dauerstreit sollten sie getrennt werden.

Ob jeder von den beiden ein ganzes Löwenzahnblatt schafft?

Das Bad tut so richtig gut. Der Kanari schaufelt sich genußvoll das Wasser auf den Rücken.

Schnabel am Sitzast abstreifen: Nach und zwischen dem Fressen und Trinken reinigt und wetzt der Kanari so seinen Schnabel (→ Zeichnung, Seite 98). Gleichzeitig dient dieses Zeremoniell aber offenbar der Verständigung untereinander – vielleicht als Beschwichtigung oder als Zeichen, daß man sich einig ist.

Aufsperren des Schnabels: Weites Aufsperren ist bei Jungvögeln die Aufforderung, sie zu füttern.

Erwachsene Kanarien drohen mit geöffnetem Schnabel und abgespreizten Flügeln, wenn sie sich aus irgendeinem Grund zanken. Meist bleibt es bei dieser Drohgebärde (→ TIP, Seite 96). Außerdem hecheln Kanarien mit geöffnetem Schnabel, um sich Kühlung zu verschaffen. Dabei verdunstet Feuchtigkeit. Da die Gefiederten keine Schweißdrüsen haben, regeln sie ihren Wärmehaushalt zum Teil über die Nasenhöhle.

97

Schnäbeln: Als Zeichen großer Zuneigung schnäbeln Kanarien miteinander (→ Zeichnung. Seite 99). Bei der Brautwerbung und während der Brutzeit füttert der Hahn dabei das Weibchen. Aber als Sympathiegeste kommt es auch vor, daß ein Männchen mit anderen männlichen Artgenossen schnäbelt.

Abspreizen der Flügel: Zusammen mit einem geöffneten Schnabel ist das eine Drohgebärde oder Imponiergehabe (→ Zeichnung, Seite 99). Kanarien spreizen aber auch einen Flügel ab, um sich zu strecken, fast immer zusammen mit dem Bein der gleichen Seite. Bei großer Hitze heben sie beide Flügel, um sich so an der Luft besser Abkühlung zu verschaffen. Denn die Flügelunterseite ist nur spärlich befiedert.

Aufgeplustertes Gefieder: Wenn ein Kanari ganz entspannt ist, vor sich hindöst oder schläft, ist sein Gefieder fast immer aufgeplustert. Er hält damit die Wärme. Es kann ein Ausdruck der Behaglichkeit sein. Auch wenn es ihm zu kalt ist, plustert sich der Kanari auf. Andererseits sitzt auch der kranke Vogel meist aufgeplustert. Das wäre

dann ein Alarmzeichen. Sie können beruhigt sein, wenn der Vogel dabei auf einem Bein sitzt und entweder schläft oder offensichtlich Anteil an seiner Umwelt nimmt. Alarmiert sollten sie dagegen sein, wenn er auf beiden Beinen zusammengekauert und mit halbgeschlossenen Augen teilnahmslos auf der Stange oder sogar auf dem Boden hockt.

Kopf in das Gefieder gesteckt: Beim Schlafen verstecken die Sänger ihren Kopf im Rückengefieder (→ Zeichnung, Seite 99). Sie sitzen meist Federkugeln gleich einbeinig auf der Stange. Am Tage schlafen

Das Schnabelwetzen dient nicht nur der Säuberung des Schnabels, sondern ist auch eine Geste, um Artgenossen zu beschwichtigen.

Die typische Drohgeste mit geöffnetem Schnabel und abgespreizten Flügeln.

Schnäbeln und Füttern sind Zeichen der Sympathie.

Als Federkugel, den Kopf unter dem Flügel, schlafen die Vögel.

Das Strecken des Beins gehört zur täglichen Gymnastik.

gesunde Kanarien selten. Dann kann das Verstecken des Kopfes in den Federn ein Krankheitszeichen sein.

Gefieder eng angelegt: Wenn es den Kanarien zu heiß wird, legen sie manchmal die Federn ganz eng an, um das wärmende Luftpolster dazwischen herauszupressen. Dünn machen sich die Vögel aber auch, wenn sie sich erschrecken oder Angst haben.

Schütteln des Gefieders: Nach dem Baden und Putzen schüttelt der Kanari seine Federn auf, entfernt damit auch noch Staub-, Dreck- und Wasserreste und legt sie anschließend wieder »geordnet« ab. Manchmal scheint dies auch eine Verlegenheitsgeste zu sein.

Köpfchen schief halten: Der Kanari ist neugierig, möchte vom Partner gekrault werden oder versucht auf sich aufmerksam zu machen. Aber auch, wenn er etwas über und unter sich beobachten möchte, zeigt er dieses Verhalten.

Hacken mit dem Schnabel: Manchmal reicht die Drohhaltung nicht aus, um einen Rivalen einzuschüchtern. Dann kann es vorkommen, daß zwei Streithähne sich mit dem Schnabel attackieren. Bei Dauerstreit Vögel trennen!

99

Schritt für Schritt Vertrauen aufbauen

Kanarienvögel haben sich im Laufe der langen Domestikation so sehr an den Menschen als Partner gewöhnt, daß sie von Natur aus wenig scheu sind – jedenfalls im Vergleich zu anderen Finken. Das heißt aber nicht, daß sie von sich aus auf ihren Pfleger zugehen. Vielmehr sind sie vorsichtig, vielleicht sogar etwas ängstlich. Der Umgang in den ersten Stunden und Tagen kann darüber entscheiden, ob ein Kanari zahm wird oder mißtrauisch bleibt. Bei ihrer Ankunft im neuen Heim muß bereits alles für die Vögel vorbereitet sein.

Der Weg ins neue Zuhause

Die Reise in eine neue Welt tritt der Kanari wahrscheinlich in einer kleinen Faltschachtel aus Pappe mit Luftlöchern an (→ Foto, Seite 46). Darin ist es dunkel, er kann sich kaum bewegen, sitzt aber ruhig und ist nicht so verletzungsanfällig wie bei einem Transport in einem Käfig. Bestimmt hat er Angst. Bringen Sie den Karton samt Inhalt deshalb so schnell wie möglich nach Hause. Tragen Sie ihn vorsichtig und sorgen Sie dafür, daß er nicht umkippen kann. Schützen sie ihn im Winter vor Kälte und im Sommer vor Hitze.

Zahme Kanarien suchen immer die Gesellschaft des Menschen.

Ohne Scheu nimmt dieser Kanari das Futter aus der Hand seines Pflegers.

Zuhause angekommen, machen Sie die Faltschachtel dicht vor der geöffneten Käfigtür so auf, daß den Vögeln nur der Weg in den Käfig bleibt. Greifen Sie auf keinen Fall in die Schachtel! Der Vogel würde dauerhaft Angst vor Ihren Händen bekommen. Will er nicht gleich heraus, stellen Sie die geöffnete Schachtel einfach in den Käfig. Es wird nicht lange dauern, bis der Kanari seine neue Umgebung erobert. Meist wird er schon nach wenigen Minuten neugierig von Ast zu Ast hüpfen, bald vom Futter naschen, sich putzen und noch am gleichen Tag ein wenig zwitschern.

Kanarien sehen nachts nichts, deshalb ist es wichtig, daß sie im Dunkeln nicht mehr aufgeschreckt werden. Sie könnten sich in dem neuen Käfig nur schlecht zurechtfinden und womöglich verletzen. Ist das Zimmer völlig dunkel, sollten Sie in der ersten Nacht eine kleine Lampe brennen lassen. Am nächsten Morgen begrüßen Sie ihre neuen Mitbewohner mit ruhigen, freundlichen Worten. Bringen Sie Ihnen gleich frisches Futter und Wasser und einen Leckerbissen. Greifen Sie dabei ohne Hast in den Käfig und sprechen Sie leise und beruhigend auf die Vögel ein. Versuchen Sie nicht, sich den Vögeln mit der Hand zu nähern, auch nicht, wenn sie in der Nähe der Hand auf der Stange sitzen bleiben! Anschließend ziehen Sie sich wieder zurück.

Wie Kanarien handzahm werden

»Liebe geht durch den Magen« – dieses Sprichwort hilft auch, wenn es darum geht, sich die Zuneigung der Kanarien aufzubauen und sie zahm zu machen. Die Freundschaft zwischen Mensch und Vogel wächst, wenn er freiwillig auf

101

Ihre Hand und Ihre Schulter fliegt, sobald Sie ihn rufen, und wenn er Sie morgens mit einem fröhlichen Gezwitscher begrüßt. Aber gleich eine »Warnung« vorweg: Zahme Kanarien können ziemlich übermütig werden, an Ihren Haaren ziepen und Ihnen Ihr Essen vom Teller picken!

So wird Ihr Vogel handzahm:

■ Greifen Sie nie mit der Hand nach ihm! Das kann ihn zu Tode erschrecken und alles Vertrauen zerstören, das er bereits zu Ihnen gefaßt hat. Nur nach langer Freundschaft kann es sein, daß Sie Ihren Kanari auch in die Hand nehmen dürfen, ohne Entsetzen auszulösen. Außerdem mögen es Vögel überhaupt nicht, wenn ihr Gefieder durcheinander gebracht wird.

■ Üben Sie sich in Geduld. Sie müssen den Kanarien viel Zeit widmen. Sie können die Zuneigung zwar fördern, aber nicht erzwingen.

■ Finden Sie heraus, was Ihre Kanarien am liebsten mögen: ein Stück Obst, ein Salatblatt oder Kolbenhirse?

■ Geben Sie morgens, nach den üblichen Pflegearbeiten, noch kein neues Futter in den Käfig. Nehmen Sie die Futternäpfe heraus. Nach einer klei-

Darfst du einen Kanarienvogel streicheln?

Vögel sind keine Schmusetiere wie zum Beispiel ein Hund, eine Katze, ein Meerschweinchen oder ein Zwergkaninchen. Wenn du versuchen würdest, deinen Kanarienvogel mit der Hand von oben zu greifen und ihn festzuhalten, bekäme er panische Angst. Er würde denken, ein Raubtier oder ein Raubvogel hätte ihn gepackt. Alles, was sich ihm von oben nähert, um ihn zu fangen, erschreckt ihn zu Tode. Manche Vögel können vor Schreck einen Herzschlag bekommen.

Aber wenn du viel Geduld aufbringst, kann dein Kanari sehr zutraulich und zahm werden. Dann fliegt er wahrscheinlich freiwillig auf deine Hand, um einen Leckerbissen wie etwa eine halbe Weintraube oder ein Löwenzahnblatt zu nehmen. Möchte er dann wieder wegfliegen, versuche nie, ihn festzuhalten! Er würde alles Vertrauen zu dir verlieren. Du kannst aber versuchen, ihn vorsichtig mit einem Stöckchen zu kraulen. Gerne mag er es, an den Seiten gekrault zu werden.

Möglicherweise akzeptiert dein Kanarienvogel dann auch bald, daß du ihn mit den Fingern streichelst. Vielleicht fliegt der Kanari sogar auf deine Schulter und kitzelt Dich mit seinem Schnabel am Ohr!

TIP

▼

Falls Sie Ihren Kanari fangen müssen, z.B. um ihn näher zu untersuchen, sollten Sie Ihr Aussehen so verändern, daß Ihr kleiner Freund Sie nicht erkennt: z.B. mit Hut, Kopftuch, Brille oder ähnlichem. Sprechen Sie nicht, sonst identifiziert er Sie an Ihrer Stimme. So vermeiden Sie, daß Ihr Vogel den Schrecken und die unangenehme Handlung mit Ihnen verbindet.

nen Pause (aber nicht länger als 30 Minuten warten lassen) treten Sie statt dessen mit dem begehrtesten Leckerbissen in der Hand ohne Hast an den Käfig heran. Reden Sie dabei beruhigend auf die Vögel ein, rufen sie bei ihren Namen und pfeifen wie gewohnt. Dann strecken Sie Ihre Hand langsam ein kleines Stück durch die geöffnete Käfigtür ins Käfiginnere. Nicht zu weit, damit sich die Vögel nicht bedrängt fühlen. Halten Sie den Leckerbissen so, daß sich die Vögel langsam über eine Sitzstange nähern können und Ihre Hand nicht berühren müssen, um von dem Futter zu picken. Es reicht auch, wenn das Futter erst einmal nur in der Nähe Ihrer Finger ist. Jetzt müssen Sie Geduld haben. Sprechen Sie weiter ruhig und leise; nennen Sie die Vögel bei ihrem Namen. Die Kanarien werden neugierig und unentschlossen zugleich ihr Köpfchen schief legen und sich irgendwann vorsichtig, Hüpfer für Hüpfer, dem ver-

lockenden Bissen nähern und daran knabbern. Anschließend ziehen Sie ihre Hand langsam zurück und bringen das gewohnte Futter.

■ Wiederholen Sie diese Übung mehrere Male. Dabei halten Sie den Leckerbissen jetzt in ihren Fingern und bald auch auf Ihrer Hand, so daß die Vögel auf Ihren Handrücken hüpfen müssen, um ihn zu ergattern.

■ Auch wenn sich ein Kanari auf ihre Hand wagt, noch keinesfalls anfassen oder streicheln wollen!

■ Die nächsten Stationen sind ihr Arm und Ihre Schulter. Auch hierhin locken Sie

Der frische Salat ist verlockend. Der eine Vogel hat ihn zuerst entdeckt. Läßt er auch den anderen landen?

103

Was Kanarien mögen – was sie fürchten

Das mag der Kanarienvogel	Das fürchtet der Kanarienvogel
• Einen andersgeschlechtlichen Partner	• Alleinsein, denn Kanarien wollen die Kommunikation mit Artgenossen
• Einen großen rechteckigen Käfig und viel Freiflug	• Eingesperrt in einen kleinen Käfig zu sein, fehlende Bewegung, kein Freiflug
• Eine geräumige Voliere	• Einseitige Ernährung ohne Vitamine, verdorbenes Eifutter
• Mehrmals täglich baden	• Gift in der Atemluft (z.B. Teflondämpfe, Zigarettenqualm) oder in der Nahrung
• Leckerbissen wie: viel Grünzeug, Kolbenhirse, frisches Eifutter	• Zugluft
• Frische Zweige mit Knospen oder Blättern	• Pralle Sonne ohne Schatten
• Federnde Naturholzäste als Sitzstangen	• Verschmutztes Trinkwasser und mangelnde Hygiene
• Erhöhte Singwarten im Zimmer, von wo aus er sein Lied trällern kann	• Katzen und andere Heimtiere, die ihn fangen möchten
• Einen Vogelbaum (→ Seite 54)	• Mit der Hand gegriffen oder gejagt zu werden
• Sonnenlicht und frische Luft	• Eine veränderte Umgebung
• Eine ruhige Umgebung	• Erschütterungen
• Liebevolle Menschen, eine vertraute Stimme	• Lautes Hundegebell, Lärm
• Wenn Sie Ihr Aussehen nicht zu sehr verändern	
• Handzahm werden	
• Klassische Musik	

am besten erst mit einer Leckerei. Es wird nicht lange dauern und Ihre gefiederten Freunde kommen auch ohne Futteranreiz gerne zu ihnen auf den Finger.

■ Wenn Ihre Pfleglinge bereits an regelmäßige Freiflüge gewöhnt sind, können Sie auch bei dieser Gelegenheit mit den Übungen beginnen. Dann sollten Sie sich ganz ruhig ins Zimmer setzen und die Vögel allmählich mit Leckerbissen in Ihre Nähe locken. Hilfreich ist es natürlich auch hier, wenn es kurze Zeit nichts zu fressen gab.

Grit ist für die problemlose Verdauung eines Kanarienvogels sehr wichtig.

■ Zahme Kanarien werden immer Ihre Gesellschaft suchen und Ihnen nachfliegen.

Kanarien aneinander gewöhnen

Wenn Sie einem Einzelvogel einen Artgenossen hinzugesellen möchten, kann es passieren, daß sich die Vögel nicht auf Anhieb sympathisch sind. Sollten sie ständig streiten und sich jagen, müssen Sie die Vögel schnell wieder trennen. Gehen Sie am besten so vor: Geben Sie den Vögeln die Gelegenheit, sich erst einige Zeit in getrennten Käfigen aus der Entfernung kennenzulernen. Die Käfige werden dann immer weiter zusammengeschoben, und eines Tages treffen beide direkt zusammen. Der Freiflug ist dafür eine gute Gelegenheit.

Kanarien und Kinder

Machen Sie Ihrem Kind die Freude und schenken Sie ihm Kanarienvögel. Es kann hier wunderbar lernen, mit Lebewesen sorgsam umzugehen und Verantwortung zu übernehmen. Aber rechnen Sie auch damit, daß das Interesse der Kinder schnell nachlassen kann.

Alle Vorbereitungen sollten Sie gemeinsam mit dem Kind treffen. Legen Sie genau fest, für welche Aufgaben bei der Vogelpflege Ihr Kind – seinem Alter entsprechend – zuständig ist:

■ Kinder bis zu sieben Jahren sind bei der täglichen Pflege dabei und helfen. Sie dürfen den Vögeln besondere Leckerbissen reichen und passen beim Freiflug auf, daß ihnen nichts geschieht.

■ Kinder ab acht Jahre können schon die tägliche Fütterung übernehmen, für frisches Wasser sorgen und bei der wöchentlichen Reinigung helfen.

■ Kindern über zehn Jahre kann meist die selbständige Versorgung anvertraut werden.

■ Bitte denken Sie daran, daß die Ansprüche der Vögel an eine vielseitige Ernährung während der Brut- und Mauserzeit besonders hoch sind. Keim- und Eifutter sollten Sie auch bei größeren Kindern lieber selbst zubereiten.

Spiel und Spaß mit Kanarien

In der freien Natur sind die Vögel den ganzen Tag über damit beschäftigt, Futter zu suchen und auf Räuber achtzugeben. Diese Aufgabe ist den Heimvögel weitgehend genommen. Sie bekommen ihr Futter vielmehr schnabelfertig serviert. Auch wenn sie Junge aufziehen, finden sie ausreichend Nahrung gleich in Nestnähe. Die Kanarien haben also nicht viel zu tun. Das widerspricht aber ihrem Naturell. Denn Kanarien sitzen eigentlich nie lange still, sie sind immer in Bewegung. In Gefangenschaft ist es deshalb sehr wichtig, daß sie viel frei fliegen dürfen und genug Beschäftigung haben. Wenn Sie mit Ihren Vögeln spielen, stärkt das natürlich auch das Vertrauensverhältnis.

Wie Sie Ihre Kanarien beschäftigen können

Ihrer Phantasie sind keine Grenzen gesetzt, wenn Sie sich Spiele und Beschäftigungen für Ihre Kanarien ausdenken. Hier eine Anregungen:

■ Befestigen Sie ein Seil (etwa so dick wie Ihr kleiner Finger) locker in dem Käfig, so daß eine Art Schaukel entsteht. Ein Seilende darf höher als das andere angebracht sein.

Natürlich können Sie eine solche schwingende Landebahn auch irgendwo im Zimmer aufhängen. Die Kanarien werden gerne darauf ihren Gleichgewichtssinn testen.

■ Im Winter und Frühling schneiden Sie draußen Zweige ungiftiger Bäume und Sträucher ab und stellen sie drinnen in eine feststehende Vase zum Knospen auf. Mit Begeisterung werden die kleinen Sänger daran knabbern.

■ Auf ein Regal oder einen Tisch, der bevorzugter Landeplatz beim Freiflug ist, legen Sie einen Tischtennisball, Flaschenkorken oder Papierkügelchen. Zeigen Sie den Vögeln, wie die Gegenstände durch leichtes Anstupsen rollen und herunterfallen. Es kann sein, daß Ihre Kanarien Gefallen an diesem Spiel finden. Aber wundern Sie sich nicht, wenn künftig auch andere Sachen vom Regal fallen.

■ Haben Sie einen Hund, der sich mit den Kanarien gut verträgt? Dann lassen Sie die Vögel beim Bürsten helfen. Vielleicht sammeln sie mit großer Begeisterung alle Hundehaare ein und tragen sie in ihren Käfig.

■ Aus Bast können Sie eine dicke Quaste basteln und in

Naturholzäste als Sitzstangen lassen sich leicht bei einem Spaziergang sammeln und tun den Füßen Ihrer Kanarien gut.

den Käfig hängen oder an den Vogelbaum. Die Kanarien werden gerne einzelne Bastfäden daraus zupfen.

■ Geben Sie Ihren Vögeln eine schöne klassische Musik, anspruchsvolle Unterhaltungsmusik oder Jazz zu hören. Beobachten Sie, wie die Vögel reagieren. Vielleicht tragen sie ihren Teil zum Konzert bei.

■ Vielleicht möchten Ihre Kanarien anstelle zu baden auch gerne einmal duschen? Nehmen Sie eine Sprühflasche (es dürfen vorher keine Chemikalien darin gewesen sein!) und füllen Sie diese mit lauwarmem Wasser. Dann sprühen Sie Ihre Pfleglinge mit feinem Nebel ein. Wenn sie wegfliegen, mögen sie die Dusche wohl nicht so gerne. Bleiben sie aber sitzen und schütteln ihr Gefieder, scheint es ihnen zu gefallen.

■ Geben Sie Ihren Vögeln regelmäßig Gelegenheit, von Fenster, Balkon oder Terrasse aus das Leben draußen und Artgenossen zu beobachten. Manchmal nehmen freilebende Finken Kontakt mit den draußen stehenden Kanarien auf. Verhindern Sie aber bitte durch eine Abdeckung, daß Vogelkot in den Käfig fallen kann; es besteht sonst die Gefahr, daß Ihre Vögel sich dadurch mit Krankheiten anstecken.

■ Üben Sie mit den kleinen Sängern, daß sie auf Zuruf auf Finger oder Schulter fliegen und sich von Ihnen auch umhertragen lassen. Aber rechnen Sie nicht damit, daß sie zu dressieren wären, dort längere Zeit sitzenzubleiben. Diese Vögel sind immer in Bewegung.

■ Wenn Sie wollen, können Sie Ihren Kanarien sehr schnell beibringen, daß sie mit am (oder richtiger auf dem) Tisch sitzen, wenn Sie essen. Von Gemüse, Kartoffeln, Nudeln, Reis, Salat, Obst, Ei, Quark, Honig,

Auf diesem Freisitz locken Grünzeug und Kolbenhirse.

Aufgepießte Gemüse- und Obststückchen sorgen für ein natürliches Fitneßtraining.

Brotkrumen und Kuchenkrümeln dürfen Ihre kleinen Freunde naschen. Aber geben Sie ihnen nichts Salziges, stark Gewürztes oder Fettiges.

Schiffschaukel basteln

Wenn Sie mehrere Kanarien, vor allem mehrere Männchen, in einer Voliere halten, ist es vorteilhaft, wenn jedes eine einzelne Singwarte hat. So gibt es zur Brutzeit deutlich weniger Streit.

Diese Schaukel mögen die Gefiederten gerne (→ Zeichnung, Seite 55):
Nehmen Sie eine Holzlatte. Bohren Sie im Abstand von 20 bis 30 cm Löcher von etwa 1 cm Durchmesser hindurch (10er Bohrer). Außerdem brauchen Sie entsprechend viele kleine Holzleisten von etwa 20 cm Länge und 2 bis 3 cm Breite. Bohren Sie am unteren und oberen Ende jeweils ein ca. 1 cm großes

Loch hinein. Dann befestigen Sie eine Seite der Leisten mit Hilfe von ca. 6 mm starken Schrauben und Muttern so an der Latte, daß die Leisten noch beweglich sind. Durch das Loch am unteren Ende stecken Sie dann ein kurzes Stück (ca. 8 cm) eines passenden Zweiges oder einer Holzstange so hindurch, daß es Halt hat und auf einer Seite etwa 6 cm hervorsteht. Das Zweigstück sollte fest in dem Bohrloch sitzen und nicht herausfallen. Notfalls können Sie es mit etwas Holzleim befestigen. Wäh-len Sie die Länge der Latte und Zahl der Sitze so, daß jeder Vogel einen eigenen Platz bekommt.

Die Holzlatte hängen Sie dann mit dünnen Ketten und Haken am Volierendach (oder der Zimmerdecke) auf.

Vögel beobachten

Trotz mancher Auseinandersetzung um den besten Futterplatz, die höchste Singwarte oder das schönste Weibchen sind Kanarien im allgemeinen friedliebende und verträgliche Vögel. Diese Verträglichkeit macht es bei genügend großen Volieren durchaus möglich, mehrere Männchen und Weibchen auch wäh-

Auf solch einer »Korb-Schaukel«können Kanarien ihren Gleichgewichtssinn hervorragend trainieren.

Wie bastelt man eine Vogelleiter?

Ganz einfach: Du brauchst zwei längere, gerade, fingerdicke Zweige und einige kürzere, Bast, einen Hammer und einige 2 cm lange Nägel. Plane zuerst wie lang die Leiter werden soll (nicht höher als der Käfig). Lege die langen Zweige und die kurzen Zweige so auf den Tisch oder den Boden, daß sie das Bild einer Leiter ergeben. Dann umwickelst du die Kreuzungspunkte straff mit Bast. Die Leitersprossen dürfen nicht verrutschen. Vielleicht mußt du je einen Nagel in die Kreuzungspunkte schlagen. Fertig ist die Vogelleiter.
Die Zeichnung auf Seite 55 zeigt dir, wie die Vogelleiter aussehen sollte. Stelle sie schräg an eine Käfigwand.

rend der Brutzeit zusammen zu halten. Wichtig ist dabei, daß genug Platz zum Ausweichen vorhanden ist und es möglichst mehrere Einzelsitze gibt. Sonst kann es doch zeitweilig zu heftigen Lufkämpfen zwischen den Männchen kommen. Bei Sympathie helfen sich Kanarien manchmal sogar gegenseitig bei der Gefiederpflege.
Bei uns haben sich zur Zeit vier Männchen regelrecht angefreundet. Vor allem abends kommt der Männerclub zusammen, singt im Quartett oder abwechselnd nah beieinander sitzend. Hin und wieder holt sich einer einen Happen Futter, teilt manchmal sogar großzügig mit einem Nachbarn, schnäbelt ein bißchen. Ab und zu statten die Männchen auch ihren auf den Nestern sitzenden Weibchen einen Besuch ab, zwitschern ihnen leise ein Lied vor, füttern sie schnell und kehren dann zu ihrem Freundeskreis zurück.
Wenn es dunkel wird, schlafen sie nah zusammen sitzend alle auf einem Ast. Währenddessen haben sich zwei Weibchen für das gleiche Nest entschieden, obwohl genügend Auswahl zur Verfügung stand. Beide haben ihre Eier hineingelegt und brüten nun zusammen auf einem Nest. Kommen die Männchen zu Besuch, füttert jeder aber nur sein Weibchen. Dabei habe ich bei diesen Hennen nie das geringste Anzeichen von Streit beobachtet.
Natürlich ist es in einer solchen Gemeinschaftsvoliere nicht möglich, gezielt zu züchten. Das Verhalten untereinander zu beobachten macht jedoch sehr viel Freude.

Haltungsprobleme richtig lösen

Die meisten Probleme, die im Zusammenleben von Menschen und Kanarien entstehen, sind nicht auf die Vögel zurückzuführen, sondern gehen zu Lasten des Menschen. Sie beruhen überwiegend darauf, daß sich der Vogelpfleger nur unzureichend über die natürlichen Bedürfnisse der Vögel informiert hat und zu wenig über ihre Verhaltensweisen weiß.

Streithähne

Probleme:

■ In einer Voliere oder einem Käfig herrscht ständig Gezänk. Immer wieder kommt es zu heftigen Luftkämpfen, bei denen die Federn fliegen.
■ Ein dominierendes Männchen verscheucht alle anderen vom Futternapf, dem Planschbecken oder ihren Sitzplätzen. Wagt es ein anderes Männchen zu singen, wird es sofort angegriffen.
■ Zwei Männchen streiten sich um ein Weibchen. Das eine stürzt sich auf den Rivalen, sobald er sich in ihre Nähe wagt.
■ Sie haben sich ein Kanarienpärchen angeschafft, aber sie will von ihm nichts wissen.

■ Ein unterlegener Vogel wird von anderen so gejagt, daß er sich nichts mehr traut. Er darf nur noch trinken, fressen oder auf einer Stange sitzen, wenn kein »Herrscher« in der Nähe ist. Nirgendwo findet er einen Platz, um zur Ruhe zu kommen. So wird er bald sterben.
Ursachen: Kanarien sind eigentlich eher friedliche Gesellen. Selten nehmen die Meinungsverschiedenheiten so extreme Formen an, wie beschrieben. Aber während der Brutzeit, etwa ab Februar bis in den Sommer, kommt es zwischen den Hähnen häufiger zu Rivalitäten. Singt ein Männchen, fordert es damit die anderen sofort heraus. Die Weibchen beteiligen sich

an diesen Auseinandersetzungen kaum.

Normalerweise reichen Drohgesten aus (mit geöffnetem Schnabel und abgespreizten Flügeln), um den Gegner zum Aufgeben zu bewegen. Er fliegt weg und sucht woanders sein Glück. Im Käfig oder einer zu engen Voliere geht das aber nicht. Selbst wenn der Unterlegene nachgibt, bleibt er in Sichtweite des Angreifers und reizt ihn dadurch aufs Neue. Die Situation zwischen zwei Kampfhähnen kann sich nicht entspannen.
Abhilfe: Setzen Sie die Männchen mit ihren Weibchen entweder paarweise in einzelne Käfige oder schaffen Sie eine größere Voliere an. Innerhalb einer geräumigen Voliere können Sie mit kleinen Trennwänden, Pflanzen etc. für Sichtschutz zwischen den Singwarten der Kontrahenten sorgen.

Bauen Sie viele hoch gelegene Einzelsitze, auf die nur ein Vogel paßt. Kleine Zänkereien sind normal. Aber wenn heftiger Streit über Wochen andauert, hilft nur die Trennung, jedenfalls während der Brutzeit. Wichtig ist auch, daß es für jedes Männchen ein Weibchen gibt.

Falls Sie ein unverträgliches Pärchen haben, hilft es manchmal die beiden zu trennen, bis sie in Brutstimmung ist und den Hahn dann probeweise abends oder ganz früh morgens zu ihr zu setzen. Geht der Streit weiter, sollten Sie andere Partner aussuchen.

Ein neuer Vogel kommt hinzu

Problem: Innerhalb einer bestehenden Vogelgemeinschaft gibt es eine »Hackordnung«. Ein neuer Vogel hat es nicht so leicht, sich in der Gesellschaft zurechtzufinden und in der ungewohnten Umgebung zu orientieren. Die alteingesessenen Kanarien beanspruchen bestimmte Sitzplätze, haben ein angestammtes Revier. Sie verjagen den Neuen von Futternäpfen und Wasserbecken. Auch ein einzelner Kanari kann als »Revierinhaber« einem neuen Käfigbewohner heftige Ablehnung entgegenbringen.

Ursache: Gesellig lebende Vögel regeln das Miteinander, indem sie durch Dominanz-

und Unterlegenheitsgesten eine Rangordnung aufbauen. Freilebende Artgenossen können sich langsam aneinander gewöhnen. Es gibt genug Platz, um auszuweichen und woanders sein Futter zu suchen. In einem Käfig oder einer Voliere kommt es dagegen zur direkten Konfrontation. Die Vögel können einander kaum aus dem Weg gehen.

Abhilfe: In die meisten Kanariengesellschaften läßt sich ein neues Mitglied – außerhalb der Brutzeit – trotzdem ohne größere Probleme eingliedern. Aber nicht nur wegen der möglichen Auseinandersetzungen sollten sich die Vögel besser erst aus der Entfernung kennenlernen. Auch um eine Gesundheitsgefährdung der Alteingesessenen durch einen Neuzugang auszuschließen, ist es besser, die Vögel erst einmal getrennt zu halten und zu beobachten (→ Seite 105). Setzen Sie den oder die Neuen in einen separaten Käfig. Erst reicht es, wenn er nur in Hörweite der anderen Vögel steht. Dann rücken Sie den

Kanarien sind friedliebend und streiten sich normalerweise selten.

3

Käfig näher heran, so daß sich die Kanarien auch sehen können und eventuell durch die Gitterstäbe direkten Kontakt aufnehmen. Nach ein bis zwei Wochen versuchen Sie, den Neuzugezogenen zu den anderen zu lassen.

Falls Sie Ihrer Vogelgesellschaft im Zimmer Freiflug gewähren, können Sie die Kanarien auch bei einer solchen Gelegenheit direkt zusammentreffen lassen. Eine weitere Möglichkeit ist, alte und neue Vögel zusammen in einen anderen größeren Käfig oder eine Voliere zu setzen. Hier hat noch keiner ein »Heimrecht«.

Beobachten Sie in den ersten Tagen gut, ob es Probleme bei der Eingliederung gibt.

Setzen Sie während der Brutzeit (Februar bis Juli) besser kein neues Männchen zu alteingesessenen Geschlechtsgenossen.

Federrupfen

<u>Problem:</u> Die Kanarienmutter rupft ihren gerade flügge gewordenen Kindern die Federn von Kopf und Nacken.

<u>Ursache:</u> Die Henne will mit den weichen Federn ein neues

Wie sollen deine Kanarien heißen?

Damit deine Kanarien schnell mit dir vertraut und zahm werden, ist es wichtig, daß du sie immer mit ihrem Namen ansprichst. Er sollte kurz und einfach sein, damit die Vögel bald lernen, daß sie damit gemeint sind. Außerdem sollte ein Vokal enthalten sein wie »i«, »ü«, »u« oder »o«, denn diese Töne benutzen die Kanarien selbst auch beim Singen. Wenn du dich einmal für einen Namen entschieden hast, behalte ihn bitte bei. Hier ein paar Tips, wie du deine Vögel nennen kannst,: Minnie, Lilly, Kikki, Diddi, Diddl, Micky, Lulu, Mucky, Bebsi, Pipi, Tessie, Sissi, Winnie, Pucky, Lissy, Hansi, Bobo, Bibi, Girly, Frisci, Frenzi, Flori, Ricky. Vielleicht findest du noch einen viel hübscheren Namen.

Nest für ihre zweite Brut bauen. Diese Federn sind für sie besonders reizvoll, auch wenn genügend anderes Nestbaumaterial (Kokosfasern, Scharpie, Moos, Gräser) zur Verfügung steht.

<u>Abhilfe:</u> Sie können versuchen, ob das Weibchen weiche Tierhaare, beispielsweise vom Hund oder gewaschene Schafwolle, eher akzeptiert. Wahrscheinlich hilft jedoch nur, die Mutter von den Kindern zu trennen.

Mit dem richtigen Schwung läßt sich jeder Nebenbuhler vertreiben.

Viele Züchter haben mit diesem Problem zu kämpfen. Ab einem Alter von 23 Tagen können Sie die Jungen notfalls in einem Nachbarkäfig unterbringen. Sie werden meist noch durch das Gitter von ihren Eltern gefüttert. Oder Sie setzen den Vater mit den Kindern zusammen in den Nachbarkäfig und lassen ihn nur stundenweise zu seinem Weibchen.

Problem: Während der Jugendmauser im Spätsommer beginnen einige der jungen Kanarien den anderen die Federn auszurupfen. Erst nur spielerisch, aber bald wird dieses Verhalten regelrecht zur Sucht; sie entdecken die eiweiß-

reichen und blutgefüllten Federkiele als Leckerbissen und rupfen ihre Gefährten kahl.

Ursache: Anfangs geschieht das Zupfen an den Federn wohl nur aus Langeweile. Aber sobald die Halbstarken auf den Geschmack gekommen sind, lassen sie sich durch nichts mehr davon abbringen. Ob ein Mangel an Mineralien und Proteinen mit dazu beiträgt, diese Unsitte zu entwickeln, ist nicht erwiesen.

Abhilfe: Federrupfer müssen sie schnellstmöglich von den anderen trennen. Um es erst gar nicht soweit kommen zu lassen, sollten Sie den Jungkanarien so viel Platz wie möglich geben.

Viel Bewegung, abwechslungsreiche Fütte-

rung mit genügend Mineralien und Proteinen, frisches Grün und Zweige, Wildgrädersträuße, ständige Badegelegenheit sowie Sisalschnur und Bastquasten zum Spielen geben den Teenies genügend Ablenkung, um sie nicht auf »dumme Gedanken« kommen zu lassen.

Nest verlassen

Problem: Das Weibchen hat ein schönes Nest gebaut und Eier hineingelegt. Nach wenigen Tagen Brutzeit setzt sie sich jedoch nicht mehr auf die Eier. Sie hat scheinbar das Interesse verloren.

Ursache: Die Henne ist bei ihrem Brutgeschäft wahrscheinlich gestört worden.

Abhilfe: Wenn ein Weibchen zu brüten beginnt, sorgen Sie für absolute Ruhe. Bewegen Sie sich ohne Hast und reden Sie wie immer beruhigend auf die Vögel ein. Hantieren Sie nicht mehr als unbedingt nötig am Käfig. Nehmen Sie ihn auf keinen Fall von seinem Platz, auch nicht zu Reinigungszwecken.

Sorgen Sie dafür, daß sich weder Katzen noch Ratten dem Käfig nähern können.

Ein Kanari verliert den Partner

Sollte ein Kanarienvogel sterben und den Partner allein zurücklassen, ist es sinnvoll, bald für einen Ersatzpartner zu sorgen. Ein Kanari sollte nicht allein gehalten werden. Kanarienpaare bleiben in der freien Natur nicht unbedingt ihr ganzes Leben zusammen wie beispielsweise die Wellensittiche. Der Zurückgebliebene wird sich wahrscheinlich schnell an einen neuen Partner gewöhnen. Versuchen sie einen jungen Vogel zu bekommen.

Wenn der Sänger verstummt

Problem: Ihr sonst so wunderschön singender Kanarienhahn gibt plötzlich keinen Laut mehr von sich.
Ursache: Während der Mauser stellen die Kanarien das Singen ein. Sie benötigen jetzt ihre ganze Kraft für den anstrengenden Federwechsel. Außerdem denken sie zur Zeit noch nicht wieder daran, ein Revier abzugrenzen oder um ein Weibchen zu werben. Mit dem Ende der Brutzeit im Herbst und Winter tragen die Männchen jedoch normalerweise wieder ihr Lied vor.
Abhilfe: Falls der Kanari auch im Herbst nicht wieder zu singen beginnt, können Sie versuchen, ihn mit folgenden Tricks anzuspornen:
■ Lassen Sie wohlklingende Musik laufen. Kanarien versuchen oft, diese zu übertönen. Manchmal klappt das auch mit Staubsaugergeräuschen.
■ Spielen Sie dem verstummten Vogel Kassetten oder Schallplatten mit Kanariengesängen vor.
■ Stellen Sie einen Käfig mit einem weiteren (singenden) Männchen ohne Blickkontakt in Hörweite auf.
■ Falls der Kanari kein Weibchen hat, besorgen Sie ihm eines. Stellen Sie es anfangs in einem separaten Käfig neben ihn.
■ Sorgen Sie für abwechslungsreiche und artgerechte Ernährung.
Es gibt jedoch Fälle, in denen ein Kanari zeit seines Lebens stumm geblieben ist.

Entflogen

Problem: Der Kanarienvogel ist während des Freifluges im Zimmer durch das geöffnete Fenster entflogen.
Abhilfe: Auf freifliegende Vögel lauern in unseren Wohnungen einige Gefahren, deren wir uns meist gar nicht bewußt sind (→ Tabelle, Seite 56). Viele tausend Heimvögel entfliegen jedes Jahr, weil unbemerkt ein Fenster aufstand. Wenn sie nicht rasch ein neues Zuhause finden, haben entflogene Kanarien keine langen Überlebenschancen. Sie werden eine leichte Beute von Greifvögeln, Katzen oder Hunden, verhungern und erfrieren. Aber jagen Sie einem Flüchtling nicht hinterher; er würde nur umso schneller das Weite suchen. Auch wenn die Chancen nicht groß sind: Stellen Sie seinen Käfig an das offene Fenster, auf Balkon oder Terrasse und locken Sie ihn mit Rufen und Leckereien. Das harte Fensterglas hat leider schon manchem Vogel das Genick gebrochen. Instinktiv wollen auch Kanarien ins Helle fliegen; sie wissen nicht, daß zwischen drinnen und draußen ein durchsichtiges Hindernis ist. Erst langsam lernen sie, in Fenstern Begrenzungen zu erkennen. Aber wenn sie sich erschrecken, werden sie wieder dagegen

fliegen. Deshalb sollten Sie die Fenster durch Vorhänge, Tücher, Jalousien oder Fliegengaze »entschärfen«.

Verblaßte Gefiederfarben

Problem: Die einst prächtige Gefiederfarbe der gelben und roten Farbkanarien ist mit der Zeit verblaßt.

Ursache: Die Kanarien wurden nicht ausreichend mit Carotinoiden gefüttert. Gelbe und rote Farbkanarien müssen Carotinoide mit der Nahrung aufnehmen, um daraus die Fettfarben (→ Seite 38) zu bilden, die sich dann zur Zeit der Mauser in die Federkeime einlagern.

Abhilfe: Nur bei optimaler Fütterung mit frischen Grünpflanzen und Möhren sind die Kanarien in der Lage, eine gleichmäßige Färbung zu bilden. Züchter roter Kanarien geben dem Weichfutter oft Paprika als Pulver (mild) oder rote

Früchte, künstliches Canthaxantin (aus dem Zoofachhandel) oder Beta-Carotin hinzu, um eine gleichmäßige rote Gefiederfarbe zu sichern. Untersuchungen an der Tierärztlichen Hochschule Hannover ergaben, daß sowohl Paprika wie diese zugelassenen Farbstoffe unbedenklich sind.

Legenot

Problem: Die Kanarienhenne sitzt aufgeplustert und bewegungslos auf ihrem Gelege. Sie schafft es offensichtlich nicht, das Ei herauszupressen.

Ursache: Die Henne hat Legenot. Das kommt besonders dann vor, wenn

das Weibchen vor der Brutzeit nicht genügend Kalk bekommen hat und dem Ei die Kalkschale fehlt. Ein weiches Ei kann aber nicht durch den Druck der Muskulatur herausgepreßt werden, es bleibt stekken. Seltener verursachen vollständig ausgebildete Eier Legenot. Junge oder geschwächte Weibchen leiden manchmal darunter.

Abhilfe: Bringen Sie das Weibchen so schnell wie möglich zum Tierarzt. Wenn nicht rasch etwas unternommen wird, stirbt es. Selbstmaßnahmen, wie das Zerdrücken des Eies in der Kloake, sind nicht empfehlenswert.

Der rote Kanari ist bereits satt und macht dem anderen bereitwillig Platz.

Meine Kanarienvögel

Hier ist Platz für das Lieblingsfoto.

Name

Bekommen am

Züchter/Zoofachhandlung

Geschlecht

Rasse/Farbe

Fußring-Nummer

Besondere Kennzeichen

Lieblingsfutter

Typisch für meinen Kanarienvogel

Tierarzt, Name, Adresse

Die **halbfett** gesetzten Seiten-
zahlen verweisen auf Farbfotos
und Zeichnungen.

Saftige Früchte mögen Kanarienvögel besonders gern.

121

**Kleine »Talkrunde« bei einem
frischen Salatblatt.**

**Von Kolbenhirse kann
ein Kanarienvogel nie
genug bekommen.**

Adressen, die weiterhelfen

AZ –Vereinigung für Artenschutz, Vogelhaltung und
Vogelzucht e.V., Postfach
1168, D-71501 Backnang
(Anfragen nur schriftlich)

DKB Deutscher Kanarien-
Züchter-Bund e.V., Bundes-
präsident: Werner Kneule,
Salenbergstr. 49, D-72250
Freudenstadt.

Vereinigung Ziergeflügel-
und Exotenzüchter e.V.,
Geschäftsstelle Anita
Wöhrmann, Spreeaue 14,
D-03130 Spremberg,
Tel. 03563-4602

ÖKB – Österreichischer
Kanarienzüchter- und
Vogelliebhaber-Bund,
Präsident: Franz Holy,
Pater-Hapinger-Str. 18
A-2123 Traunfeld

Zoologische Gesellschaft
Österreichs, Haus des
Meeres, Esterhazypark 6,
A-1060 Wien.
(Anfragen nur schriftlich)

Fragen zur Vogelhaltung

beantworten auch Ihr Tierarzt
und Ihr Zoofachhändler, der
Zentralverband Zoologischer
Fachbetriebe Deutschland
e.V. , 63225 Langen,
Tel. 06103-910 732, (nur tele-
fonische Auskunft möglich)

Bücher, die weiterhelfen

(falls nicht im Buchhandel,
in Bibliotheken erhältlich)

Aeckerlein, W. (1993):
*Die Ernährung des Vogels.
Grundlagen und Praxis.* Eugen
Ulmer Verlag, Stuttgart.

AZ und DKB – »Technische
Kommission« (1997):
*Standard für Farben- und
Positurkanarien.* Eigenverlag.

Böhm,W. (1971):
Leitfaden des Kanarienliedes.
Hanke-Verlag, Nürnberg.

Classen, H. (1986):
Die Positurkanarien.
Philler-Verlag, Minden.

Bielfeld, H. (1980):
Kanarien. Eugen Ulmer
Verlag, Stuttgart.

Dorenkamp, B. (1997):
Naturheilpraxis Vögel. Gräfe
und Unzer Verlag, München.

Frisch, O.v. (1998):
Kanarienvögel. TierRatgeber,
Gräfe und Unzer Verlag,
München.

Hiller, K. u. Bickerich, G.
(1988), *Giftpflanzen.*
Ferdinand Enke Verlag,
Stuttgart.

Kolter, W. u. Claßen, H.
(1988), *Farbkanarien-Atlas.*
Hanke-Verlag, Pforzheim.

Robiller, F: *Vogelkäfige und
Volieren. Bau, Gestaltung,
Zubehör.* Augustus Verlag,
Augsburg.

Speicher, K.: *Kanarien –
120 Rassen – Gesang, Farben,
Positur.* Eugen Ulmer Verlag,
Stuttgart.

Zeitschriften

AZ Nachrichten. Vereins-
gebundene Zeitschrift für
Mitglieder der AZ.

Der Vogelfreund. Fachorgan
des DKB und Fachzeitschrift
für Vogelzüchter, Vogellieb-
haber, Vogelschützer.
Hanke-Verlag, Künzelsau.

Gefiederte Welt. Eugen Ulmer
Verlag, Postfach 70 05 61,
70574 Stuttgart.

Die Voliere. Verlag M. u. H.
Schaper, Postfach 1642,
31061 Alfeld.

Die Autorin

Sigrun Rittrich-Dorenkamp, Journalistin und Redakteurin, lebt und arbeitet zusammen mit ihrem Mann, einem Tierarzt, und ihren fünf Kindern in Ostwestfalen. Sie schreibt ständig für mehrere Zeitschriften und Zeitungen. Trotz eines Jurastudiums beschäftigt sie sich vor allem mit Themen aus dem Tierreich. Kanarienvögel sind eines ihrer Spezialgebiete im Heimtierbereich.

Der Fotograf

Die Fotos in diesem Buch stammen von Uwe Anders, mit Ausnahme der Fotos von Angermayer/Reinhard: Seite 37, o.re., Bielfeld: Seite 35 o. li., 37 u. 40 u., Reinhard: Seite 32/33, 34, 35 o.re., 37 o. li., 40 o. li., o. re., 41 re. Uwe Anders ist Diplombiologe und seit vielen Jahren als freier Naturfotograf und als Kameramann für Naturfilmproduktionen tätig.

Die Zeichnerin

Renate Holzner arbeitet als freie Illustratorin in Regensburg. Ihr Repertoire reicht von Strichzeichnungen über fotorealistische Illustrationen bis hin zur Computergrafik.

Dank

Autorin und Verlag danken Herrn Reinhard Hahn für den Beitrag »Rechtsfragen zur Haltung von Kanarien«.

Impressum

© 1998 Gräfe und Unzer Verlag GmbH, München. Alle Rechte vorbehalten. Nachdruck, auch auszugsweise, sowie Verbreitung durch Film, Funk und Fernsehen, durch fotomechanische Wiedergabe, Tonträger und Datenverarbeitungssysteme jeder Art nur mit schriftlicher Genehmigung des Verlages.

Redaktion: Gabriele Linke-Grün, Anita Zellner
Umschlaggestaltung und Layout: Heinz Kraxenberger
Zeichnungen: Renate Holzner
Herstellung: Heide Blut/Verena Römer
Satz: Heide Blut
Reproduktion: Penta Repro
Druck und Bindung: Appl

ISBN   3-7742-2637-7

Auflage	4.	3.	2.	1.
Jahr	2001	2000	99	98

Die Fotos auf dem Buchumschlag und im Innenteil:

Umschlagvorderseite: Gelber Farbenkanari (großes Foto), eine Kreuzung (kleines Foto). Seite 2/3: Kanarienvögel in einer bunten Mischung. Seite 6/7: Kanarien sind elegante Flieger. Seite 42/43: Eifrig wird Material für den Nestbau gesammelt. Seite 90/91: Streiterei um das Futter. Umschlagrückseite: Roter Farbenkanari.

Wichtige Hinweise

In diesem Buch geht es um die Haltung und Pflege von Kanarienvögeln.

Menschen, die an einer Feder- beziehungsweise Federstauballergie leiden, sollten keine Vögel halten. Fragen Sie im Zweifelsfall vor der Anschaffung den Arzt.

Die Ornithose tritt heute bei Kanarien sehr selten auf (→ Seite 81), aber sie kann bei Menschen und Kanarien zum Teil lebensgefährliche Krankheitserscheinungen hervorrufen. Gehen Sie deshalb im Zweifelsfall mit dem Kanarienvogel zum Tierarzt, suchen Sie bei Erkältungs- oder Grippeerscheinungen unbedingt selbst den Arzt auf und weisen Sie diesen auf die Vogelhaltung hin.

Das Kanarien-Ratespiel (hintere Buchklappe) Auflösung

1a (→ *Foto, Seite 66 und Körperpflege, Seite 69*).

2b (→ *Foto, Seite 82 und Balz und Hochzeit, Seite 85*)

3b (→ *Die Körpersprache, Seite 96*).

4a (→ *Das tägliche Bad, Seite 66 und Foto, Seite 67*).

5b (→ *Brutzeit, Seite 87 und Entwicklung der Küken, Seite 88*).

6b (→ *Was das Vogelpaar braucht, Seite 83*).

7a (→ *Frischkost, Seite 60*).

8a (→ *Brutzeit, Seite 87*).

9a (→ *Die Ausstattung des Käfigs, Seite 46*).

Versammlung zu einem gemeinsamen Konzert in den frühen Abendstunden.

Das Kanarienvogel-Ratespiel

Hier kannst du testen, wieviel du bereits über deinen Kanari weißt. Kreuze bei jedem Bild die richtige Antwort an. Die Auflösung findest du auf Seite 127.

Es macht Spaß, das Löwenzahnblatt rundherum zu beknabbern.

1 ☐ *a) Der Kanarienvogel putzt sich.*
☐ *b) Er hat sich verletzt.*

2 ☐ *a) Diese beiden Kanarienvögel streiten sich.*
☐ *b) Die Vögel sind ein Paar. Das Männchen füttert das Weibchen.*